JEFF MAXIAN /
ERICH WEIDINGER (HRSG.)

Mords-Salzkammergut

QUELLE DER INSPIRATION Das Salzkammergut, im Herzen Österreichs gelegen, umfasst heute eine Region, die sich über drei österreichische Bundesländer erstreckt: Oberösterreich, Steiermark, Salzburg. Darin eingebettet ist eine vielseitige Seenlandschaft: Traunsee, Attersee, Mondsee bis hin zum Wolfgangsee. Umgeben von gewaltigen Bergen wie etwa dem Dachstein. Geschichtsträchtige Orte und Landschaften.

Ursprünglich vom Salzabbau geprägt tobten hier einst brutale Religionskriege. Im Gegensatz dazu ließen sich etliche Künstler von der sanften, aber auch imposanten Kulisse des Salzkammerguts in ihren Arbeiten inspirieren: Gustav Mahler und Franz Lehar, Anton Bruckner oder etwa Gustav Klimt und Georg Ferdinand Waldmüller.

Literaten der Kriminalliteratur haben nun bewusst diese Region ausgewählt, hier fiktive Verbrechen zu begehen: Herbert Dutzler, Marlene Faro, Claudia Rossbacher, Oskar Feifar, Michael Gerwien, Tatjana Kruse, Beate Maxian, Kurt Palm, Karl Ploberger, Erich Weidinger und Hubert Zöllner.

Jeff Maxian arbeitet im Bereich Medien- und Kulturmarketing. Als Tourneeproduzent, Konzertagent, Musiker und Arrangeur hatte er unter anderem mit Falco, Tina Turner oder Michael Jackson zu tun.

Erich Weidinger ist Autor und Buchhändler in Österreich und war bereits mit Jeff Maxian Herausgeber der Gmeiner-Anthologien »Mords-Zillertal«, »Mords-Wasserkraft« und »Sissis Seitensprünge & Ischler Rosen«.

Bisherige Veröffentlichungen im Gmeiner-Verlag:
Sissis Seitensprünge & Ischler Rosen (2015)
Mords-Wasserkraft (2014)
Mords-Zillertal (2012)

JEFF MAXIAN /
ERICH WEIDINGER (HRSG.)

Mords-Salzkammergut

Kriminalgeschichten aus der größten Alpen-Seeregion Österreichs

GMEINER SPANNUNG

Besuchen Sie uns im Internet:
www.gmeiner-verlag.de

Im Ehnried 5, 88605 Meßkirch
Telefon 07575/2095-0
info@gmeiner-verlag.de

1. Auflage 2016

Lektorat: Claudia Senghaas, Kirchardt
Herstellung: Mirjam Hecht
Umschlaggestaltung: U.O.R.G. Lutz Eberle, Stuttgart
unter Verwendung eines Fotos von: © Peter Mayer – Fotolia.com
Druck: GGP Media GmbH, Pößneck
Printed in Germany
ISBN 978-3-8392-1841-9

INHALTSVERZEICHNIS

MÖRDERISCHER ATTERSEE

BEATE MAXIAN

Mittwoch in Weyregg

Klaus wurde die Situation nun doch langsam unangenehm. Seit Monaten spielten sie nun schon das Szenario immer und immer wieder durch, so wie in diesem Augenblick. Als sie begonnen hatten, darüber zu reden, dachte Klaus Folkberg noch an einen Scherz, doch Iris formulierte die Sache inzwischen bis ins Detail aus, und seit einigen Tagen wusste er, dass sie es ernst meinte.

Anfangs war er noch genauso mit Eifer bei der Sache wie seine Frau. Doch allmählich hatte er keine Lust mehr. Er brauchte dringend eine Pause. Er stand auf, ging vor die Tür und nahm auf der Bank vor dem Haus Platz. Einfach nur still dasitzen, auf den Attersee blicken und nachdenken. Darüber, ob der Plan doch noch irgendwelche Schwächen beinhaltete.

Der See lag spiegelglatt vor ihm. Ein paar Segelboote bewegten sich langsam vorwärts. Auf der anderen Uferseite lag Attersee am Attersee. Leicht zu erkennen, mit seiner malerischen Kirche am Berg. Iris trat aus dem Haus und redete und redete und redete.

»Ich hab's schon kapiert«, behauptete er.

»Da bin ich mir nicht so sicher. Du wirkst heute sehr unkonzentriert.«

»Ich bin mir nur nicht sicher, ob wir wirklich ... ich mein', er ist mein Vater, und er ist 84, da hat es sich sowieso bald erledigt«, brachte er zum wiederholten Mal ein Gegenargument ein. Sein Blick schweifte hinüber zum Nachbargrundstück, wo der alte Hof seines Vaters stand. Ein wenig verkommen, weil dem alten Bauern die Arbeit zu viel wurde, er sich dennoch nicht helfen ließ. Tiere gab es schon lang keine mehr, die Futterwiesen waren verpachtet oder verkauft worden. Nur die Wiese, die von seinem Hof direkt zum See führt, diente als Erholungsraum für ihn, Iris und seinen Vater.

»Die gäbe eine schöne Liegewiese für Touristen ab«, meinte Iris. »Das Grundstück liegt ja nahezu brach.«

Doch von ihren Plänen wollte der Alte nichts wissen. Ihm stand anderes im Sinn. »Fremde kommen mir nicht aufs Grundstück«, knurrte er, wenn sie darüber sprachen.

Klaus hatte sogar zwischen ihren Häusern einen Zaun ziehen müssen, damit die Touristen, die in ihrer Frühstückspension übernachteten, nicht seinen Grund und Boden betraten.

»Und bis er stirbt, hat er das ganze Geld verprasst.

Nun komm’ schon, es passiert ihm doch nichts«, schaltete sich Iris wieder in seine Gedanken ein.

»Er hat ein schwaches Herz.«

»Das behauptet er seit Jahren und doch lebt er noch.«

Das klang verbittert. Er dachte eine Weile über diese Bemerkung nach und kam zu der Erkenntnis, dass Iris recht hatte. Sein Vater nahm seit mindestens zehn Jahren Herzmedikamente, dennoch war ihm keine Arbeit zu schwer. Er mähte sogar die Wiese noch mit der Sense, obwohl Klaus ihm schon mehrmals angeboten hatte, mit dem Traktormäher drüberzufahren.

»Wenn du willst, gehen wir es noch einmal durch«, sagte Iris. »Obwohl sogar du den Plan inzwischen im Kopf haben solltest, so oft, wie wir das Ganze durchgekaut haben.« Sie trank einen Schluck Zipfer Sparkling, stellte die Flasche auf dem Esstisch ab und wartete offensichtlich auf seine Antwort.

»Schau«, sagte sie zum x-ten Mal an diesem Abend. »Er trägt den Schlüssel für den Tresor um den Hals. Das weiß inzwischen jeder im Ort.« Sie lachte heiser auf. »Was heißt im Ort. In der ganzen Region weiß jeder, dass sein Vermögen in Form eines Schlüssels an einer Kette baumelt. Ich bin nur überrascht, dass nicht schon früher etwas passiert ist.«

»Noch ist nichts passiert«, sagte Klaus Folkberg mechanisch.

»Noch!«, betonte seine Frau.

In seinem Kopf herrschte plötzlich gähnende Leere. »Und wie machen wir's jetzt?«

»Hörst du nicht zu? Zu dem Zeitpunkt, zu dem dein Vater überfallen wird, sind wir beide doch längst auf dem Schiff, um uns auf die Zeitreise zu den Pfahlbauern zu begeben.«

Die Pfahlbauten, dachte Klaus Folkberg. Zuerst hatte er sich aus Lust an der Laune mit ihnen beschäftigt. Nur, weil sie Teil ihres grausamen Planes waren und sein Vater seit Jahrzehnten alles sammelte, was damit zusammenhing. Doch dann hatte er Gefallen daran gefunden, es jedoch Iris gegenüber verschwiegen.

Eine Unzahl an Fundgegenständen lagerte im ehemaligen Kuhstall. Der Traum seines Vaters: ein Pfahlbaudorf im Seeuferbereich aufzubauen, wie es 1910 eines in Kammer gegeben hatte, das leider nach dem Ersten Weltkrieg nicht mehr betreut wurde und schließlich 1922 für Filmaufnahmen den Flammentod sterben musste.

Das neue Freilichtmuseum sollte ausgerechnet auf der Wiese entstehen, die Iris lieber als Liegewiese für Urlauber der Frühstückspension verwendet hätte. Ihr eigenes Grundstück war zu schmal, um mehr als drei Liegen darauf abzustellen. Warum seinen Vater im Fall eines Pfahlbaumuseums die Fremden auf dem Grundstück nicht störten, argumentierte er damit, dass dann keine halbnackten Ignoranten in seinem Garten herumliegen würden, sondern kulturinteressierte bekleidete Menschen einen vorgegebenen Weg zum Museum und wieder retour beschreiten würden. Dafür war das Geld im Tresor vorgesehen. Iris wollte mit dem Geld lieber die längst anstehenden Renovierungsarbeiten der Frühstückspension finanzieren.

»Wird mein Vater bedroht?«, fragte er seine Frau.

Iris sah ihn einen kurzen Augenblick schweigend an, dann verzogen sich ihre Lippen zu einem diskreten Lächeln. Das machte ihn nervös.

»Von wem?«, hakte er nach.

»Volker. Ich hab' ihn überreden können.«

Kannte er den Kerl?

»Du solltest dir keine Gedanken machen, ich hab alles im Griff.« Iris stieß mit ihrem Sparkling gegen seine Flasche Zipfer Märzen, was er unangemessen fand. Man feierte keinen Überfall in der eigenen Familie.

»Was heißt, du hast alles im Griff?«

»Ich hab Volker für Freitagnachmittag engagiert.«

»Diesen Freitag?«, fragte er überrascht.

»Ja, diesen Freitag, oder hast du etwa keine Zeit?«, kam es schnippisch.

Er schüttelte den Kopf.

»Also … wir gehen pünktlich um drei Uhr an Bord der MS Vöcklabruck und begeben uns auf Zeitreise zu den Pfahlbauern.« Sie legte ihre freie Hand auf ihr Herz und säuselte: »Weil wir als liebender Sohn und

Schwiegertochter den Alten bestmöglich bei seinem Projekt unterstützen, wollen wir so viel wie möglich über die Pfahlbauern aus der Jungsteinzeit erfahren, die hier am Attersee hausten.« Sie gab die Hand weg und sprach wieder normal. »Die Führung dauert rund drei Stunden. Wir werden viele Fragen stellen, damit wir auffallen und der Pfahlbauvermittler sich an uns erinnert.«

»Warum?«

»Frag halt nicht immer so blöd. Das ist nur, falls die Polizei auf die Idee kommen sollte, Nachforschungen anzustellen … dann haben wir sozusagen ein Alibi.«

Er sah sie entgeistert an. Polizei? Alibi?

»Wozu ein Alibi?«

»Damit's nicht heißt, einer von uns hat ihn … na du weißt schon. Hast verstanden?«

Er nickte. Allmählich nahm der Plan auch in seinem Kopf schärfere Konturen an, endlich begriff er, welche Konsequenzen ihnen drohen konnten. Seine Gedanken fuhren Karussell, doch er bekam sie nicht zu fassen, weil Iris weiterhin auf ihn einredete. Zuhören und gleichzeitig nachdenken, das ging nicht.

»Vielleicht gelingt es uns ja auch noch, den Pfahlbauvermittler zu einer Führung zu den Pavillons in Seewalchen und Attersee zu überreden. Das dauert noch einmal eine Stunde. Mit der Fahrzeit sind wir dann …« Sie überschlug sichtlich im Kopf die Zeiten. »Wir fahren von Weyregg nach Attersee, dort steigen wir dann um aufs Schiff, drei Stunden Führung, danach der Pavillon in Attersee und Seewalchen … na ja, summa summarum werden wir schon fünf Stunden außer Haus sein. Ich denke, das reicht.«

»Aha.«

»Ja, eigentlich braucht der Volker nur ein paar Minuten.« Iris nahm einen Schluck. Klaus erinnerte sich wieder dunkel an den Kerl. Den hatten sie doch letztes Jahr beim Feuerwehrfest kennengelernt. »Warum macht der sowas? Ist der vielleicht ein Verbrecher? War der schon mal im Gefängnis?«, sprudelte es aus ihm heraus.

»Keine Ahnung. War er?«

»Du scheinst ihn ja näher zu kennen.«

»Blödsinn.«

»Aber du hast scheinbar mit ihm über die Sache gesprochen. Wann?«

»Du stellst zu viele Fragen, Klaus. Wir waren uns doch einig.«

»Waren wir das?«

»Natürlich.«

Wieder stieß sie ihre Flasche gegen seine und trank einen Schluck.

Konnte er das Projekt noch abblasen? Eigentlich gefiel ihm die Idee, ein Pfahlbaumuseum auf der Wiese am Seeufer aufzubauen, ganz gut. Sie lagen am westlichen Ende Weyreggs, dort gab es doch tatsächlich einmal Pfahlbauten. Damit könnte man doch auch Geld verdienen. Vielleicht sollte er Iris …

»Volker kriegt dafür 10.000 Euro. Das ist gerecht, finde ich«, unterbrach sie seine Gedanken.

10.000 Euro fürs Erschrecken fand Klaus reichlich überbezahlt.

»Wann?«

»Übermorgen.«

*

Freitag in Steinbach am Attersee und Weyregg

Der Baseballschläger lag neben der Sturmhaube auf dem Bett. Den Koffer mit seinen Habseligkeiten hatte er bereits im Kofferraum seines Wagens verstaut. Den Schlüssel für die Wohnung würde er in den Briefkasten werfen. So hatte er es mit dem Vermieter vereinbart. Der dachte, Volker übersiedelte nach Wien. Diese Lüge hatte er ihm oft genug aufgetischt. Zufrieden öffnete er sein zweites Bier, trank direkt aus der Flasche. Er hatte noch eine gute Stunde Zeit. Für ihn würde das heute Nachmittag ein Kinderspiel werden. Leute erschrecken hatte er schon als Jugendlicher draufgehabt. Mit 16 hatte er einer alten Dame die Handtasche gestohlen, und niemand hatte ihn erwischt. Iris kannte ihn aus diesen Tagen. Sie arbeitete damals als Verkäuferin im Supermarkt am See. Er durfte zwei Mal ran, dann hatte sie diesen Idioten Klaus kennengelernt. Volker war abgehauen, nach Berlin. Iris hatte geheiratet und gemeinsam mit ihrem Mann eine Frühstückspension eröffnet. Langweilig.

Der Zufall oder besser das Feuerwehrfest hatte sie wieder zusammengeführt. Klaus war vor ihr nach Hause gegangen. Nach drei Halben hatte er seine Hand auf ihren Oberschenkel gelegt. Sie hatte ihn angelächelt und war ihm in seine Wohnung gefolgt. Dort hatte er festgestellt, dass sie zwar einige Kilos zugelegt hatte, jedoch nichts von ihrem Feuer verlorengegangen war. Danach hatten sie sich ein paar Mal getroffen. Irgendwann kam die Sprache auf den Alten, das Geld im Tresor und das verfluchte Pfahlbaumuseum, das er unbedingt bauen wollte. Den Plan, ihn auszurauben, tüftelten sie und er gemeinsam aus. Iris hatte nur noch ihren Ehemann rumkriegen müssen.

»Der Klaus ist es gewöhnt, dass wir machen, was ich sag«, hatte sie ihn beruhigt.

Das Ding heute würde ihm genug Kohle verschaffen, um irgendwo im Süden eine Weile die Füße stillhalten zu können. 10.000 Euro! Die Alte tickte wohl nicht ganz richtig. Die Hälfte würde er sich schon krallen, und dann ab die Post. Ein definiertes Ziel gab es nicht. Dort, wo es ihm gefiel, wollte er bleiben. Dass er diese Reise ohne Iris antrat, wusste sie nicht. Sie sollte es erst merken, wenn er übermorgen nicht beim vereinbarten Treffpunkt erscheinen würde.

Er trat auf den Balkon seiner Wohnung, zündete sich eine Zigarette an und schaute hinüber zur Anlegestelle

Attersee. Sobald das Schiff von dort ablegte, konnte er loslegen. Der Weg von Steinbach nach Weyregg war nicht weit. Der Hof lag uneinsehbar. Sein Plan sah vor, von der Seeseite aus das Grundstück zu betreten. Dazu borgte er sich das Motorboot eines Nachbarn, ein Zweitwohnbesitzer aus Wien, der dieses Wochenende nicht an den See kam. Nach dem Job wollte er mit dem Boot bis Unterach fahren, dort stand sein Wagen. Die Polizei würde es seinem Nachbarn schon wieder zurückbringen. Von Unterach war es nicht weit bis Mondsee und damit auf die Autobahn. Alles durchdacht, alles easy.

Auch der alte Folkberg stellte keine Gefahr dar. Der braucht nicht viel, hatte Iris gemeint, als sie seinen Exitus beschlossen. Es sollte wie ein Unfall aussehen. »Stoß ihn die Stufen hinunter«, hatte sie gesagt.

Den Baseballschläger wollte er nur zur Sicherheit mitnehmen. Man konnte ja nie wissen. Vorsehen war besser als nachsehen. Eine alte Binsenweisheit. Falls er ihn benutzen musste, konnte er ihn auf dem Weg nach Unterach mitten am See ins Wasser werfen. Den würde nie wieder jemand finden.

In dem Moment sah er, wie das Schiff die Anlegestelle Attersee ansteuerte.

Er dämpfte die Zigarette aus, warf sie nach unten auf die Straße. Es konnte losgehen.

*

Weyregg

Hans Folkberg schritt an diesem späten Nachmittag zum wiederholten Mal die Wiese unterhalb seines Hofes ab. Endlich alleine. Er hatte die Hoffnung schon aufgegeben, dass Klaus und Iris tatsächlich die Pfahlbauführung mitmachen wollten, so sehr hatten sie herumgetrödelt. Derweil schworen sie ihn seit drei Tagen darauf ein, sprachen über kaum etwas anderes mehr. Es machte ihn glücklich, endlich schienen sie seine Idee für ein Freilichtmuseum zu begreifen und anzunehmen. »Zehn Euro Eintritt pro Person inklusive Führung«, hatte er Klaus erklärt, das würde die Kassen füllen. Er wusste, dass Iris das Geld aus seinem Safe lieber in die Renovierung der Pension stecken wollte, weil sie sein Projekt für überflüssig hielt.

»Wen interessiert die Pfahlbau-Scheiße«, hatte sie verächtlich gemeint, als er ihnen zum ersten Mal davon vorgeschwärmt hatte.

Doch egal, wie sie darüber dachte, er hielt an seinem Traum fest, und in dem kam erst das Museum, dann die Reparaturen. Er wollte den beiden schon helfen, aber eben später.

Den Plan für das Freilichtmuseum hielt er ausgebreitet in Händen. In Gedanken sah er die Rekonstruktion eines ganzen Pfahlbaudorfes bereits vor sich. Seine Freude, dass sie in wenigen Wochen mit dem Einschlagen der ersten Pfähle beginnen würden, zauberte ihm ein Lächeln auf die Lippen. Er fühlte sich wie ein kleines Kind vor dem Christbaum, als er auf die Stelle starrte, wo schon bald die Siedlung entstehen würde. Seinem Sohn und seiner Schwiegertochter hatte er nicht verraten, dass die Entwürfe für sein Museum schon so weit fortgeschritten waren.

»Wenn alles steht, werden auch Klaus und Iris wissen, dass die Idee gut ist«, sagte er zu einem alten Obstbaum, auf dessen dürren Ästen ein paar Äpfel hingen. Er faltete den Plan wieder zusammen, wandte sich um und ging Richtung ehemaligem Kuhstall. Das alte Holztor ächzte, als er es aufzog. Die alten Schienen gehörten dringend geölt. Er drehte am Lichtschalter und blieb einen kurzen Augenblick still stehen. Den Anblick genoss er jeden Tag aufs Neue. Im Laufe der Jahre hatte er die vielen Fundstücke sortiert und katalogisiert. Sie lagen in Reih und Glied auf langen selbst gezimmerten Regalen. Alle mit Zetteln versehen, um sie später dann den jeweiligen Vitrinen zuordnen zu können. Die ersten Schilder mit den Erklärungen in deutscher und englischer Sprache und den Zeitabschnitten darauf, waren bereits geliefert worden. »In der Zeit von 4.000 bis 800 vor Christus lebten die Menschen im Alpenraum in Pfahlbausiedlungen«, las er sich selbst laut vor. Er war stolz, die komplexe Welt der Jungsteinzeit verständlich gemacht zu haben.

Sein Blick wanderte weiter. Die Speere lehnten an der Wand. Jetzt fehlten noch die Glasschränke für die Fundstücke und die menschlichen Nachbildungen samt rekonstruierter Kleidung. In die Wände des Museum wollte er eine Videoleinwand einbauen lassen. Darauf konnten dann in Endlosschleife die Tauchaufnahmen gezeigt werden, auf denen die Überreste der prähistorischen Siedlungen zu sehen waren. Diese lagen nämlich alle unter Wasser.

Seit Langem schon stellte Hans Folkberg sich die Frage, ob die Badegäste im Strandbad Seewalchen wussten, welch wertvoller Kunstschatz direkt unter dem Boden lag, auf dem sie im Bikini und Badehose ihre Körper zur Schau stellten.

Er horchte. Der Wind wurde stärker, pfiff durch die Ritzen des alten Stalls. »Da kommt heute noch etwas«, sagte er zu seinen geliebten Fundstücken. Er sprach oft mit ihnen. Damit erweckte er sie zum Leben. »Hoffentlich kommen Klaus und Iris noch rechtzeitig heim.«

Doch da war noch ein Geräusch, das nicht zu dem aufkommenden Sturm passte. »Ein Motorboot«, murmelte er verwundert, weil im Juli und August Motorbootfahrverbot am Attersee herrschte. Es klang, als käme das Boot näher. Kannte er jemanden, der ein Motorboot besaß und ihn besuchte? Gab es einen Nachbarn, der eines besaß? Es wollte ihm niemand einfallen. Das Geräusch verstummte. Hans Folkberg schüttelte den Kopf. Wahrscheinlich ein Urlauber, der an einem der Pensionsstege festmachte. Er widmete sich wieder seiner Sammlung.

Das Knacken eines Astes ließ ihn erneut aufhorchen. War da jemand auf seinem Grundstück? Er wandte sich um, ging zur Tür und sah nach draußen, konnte jedoch nichts erkennen. »Jetzt hör ich schon Gespenster«, brummte er. Er sah nach oben. Der Himmel verdunkelte sich zusehends. Der Sturm kam näher.

»Dauert nicht mehr lang!« Er drehte das Licht ab, sperrte die Hoftür zu und ging den Weg zum Haus hinauf. Aus dem Augenwinkel glaubte er, einen Schatten zu erkennen. »Klaus? Iris?«

*

Seewalchen – Weyregg

Die Führung zu den Info-Pavillons musste ausfallen. Der Himmel hatte sich rasch verdunkelt. Sturmwarnung. Damit war nicht zu spaßen. Nicht in dieser Region. Iris Folkberg blickte auf die Armbanduhr.

»Meinst du …?«, fragte Klaus knapp.

Sie nickte. Volker musste seinen Job bereits erledigt haben. Sie konnten getrost nach Hause fahren. Die schlummernde Angst umschloss Klaus Folkbergs Kehle nun endgültig mit festem Griff. Hoffentlich war alles glatt gegangen und sein Vater mit dem Schrecken davongekommen. Nicht auszudenken, wenn sein Herz … Er schüttelte den Gedanken ab. In dem Moment fiel ihm ein, dass er nicht danach gefragt hatte, wie sie an das Geld gelangen würden. Volker konnte es ja unmöglich bei ihnen am Küchentisch liegen lassen. Er fragte dennoch nicht nach. Iris hatte das sicher geregelt, so wie sie meistens alles regelte. Was, wenn das Herz seines Vaters doch versagt hatte und er jetzt tot war. Mein Gott, dann waren sie beide seine Mörder.

Er musste sich auf die Straße konzentrieren. Ein Blitz erhellte kurz den Himmel, dem folgte dumpfer Donner. Das Gewitter tobte über dem See. Augenblicke später goss es in Strömen. Der Scheibenwischer kam kaum nach.

»Himmel, war das langweilig«, jammerte Iris. »Aber was tut man nicht alles …«

Er fand die Führung sehr interessant, vor allem wusste er jetzt, dass es wesentlich mehr Pfahlbaudörfer am Attersee gab, als er gedacht hatte, und sein Vater recht hatte. Auch in Weyregg befanden sich zwei Siedlungen. Einmal am westlichen Ende, nahe dem Hof seines Vaters, und einmal nördlich der Schiffsanlegestelle, die zum Schutz der Pfahlbauten sogar einmal verlängert wurde.

»Fahr langsamer! Du bringst uns sonst noch um«, kreischte Iris.

Könnte das die Lösung sein? Einen Unfall verursachen? Nicht zu Hause ankommen? Einfach geradeaus fahren? Die Straße am See entlang war kurvenreich. Verflucht.

Er hätte in dieses bescheuerte Unterfangen niemals einwilligen sollen.

Irgendwann waren sie angekommen. Im Haus seines Vaters brannte Licht.

Er ging darauf zu. Iris war direkt hinter ihm. Sein Herz klopfte aufgeregt. Lass ihn am Leben sein, betete er stumm. Als sie die Haustür öffneten, hörten sie Stimmen. Sie kamen aus dem Wohnzimmer. Dort stand der Tresor, versteckt hinter einem Bild. Ein Klischee wie aus einem alten Film, fand Klaus. Er öffnete die Tür, versuchte, so normal wie möglich zu klingen.

»Wir sind wieder da, Papa. Zum Glück waren wir schon im Auto, als es zu schütten begonnen hat.«

Als er das sich ihm bietende Bild wahrnahm, zuckt er zurück und stieg Iris dabei auf den Fuß. »Aua!«

Der Alte stand mit einem Speer aus seiner Pfahlbauernsammlung über einen Mann gebeugt. Klaus erkannte den Kerl vom Feuerwehrfest wieder. Volker lag auf dem Boden, daneben ein Baseballschläger. Seine Hand fest auf sein Bein gepresst. Blut quoll zwischen seinen Fingern hervor. »Der hat mir einen dieser verfluchten Speere in den Oberschenkel gerammt«, wimmerte er.

»Du hast hier nichts zu suchen!«, knurrte Hans Folkberg.

»Der ist komplett deppert. Der bringt mich um!«, brüllte Volker.

»Beweg dich und du spürst ihn ein zweites Mal. Die Dinger sind scharf wie Rasiermesser.«

Iris stürmte zu dem Verletzten. »Was hast du getan?«, schrie sie ihren Schwiegervater an. Sie versuchte, den Speer rauszuziehen.

»Bist du deppert?«, brüllte Volker. »Ich verblute doch, wenn der Speer draußen ist.«

Klaus sah zu seinem Vater. Der schüttelte den Kopf. »Er übertreibt.«

»Hol endlich eine Säge«, herrschte Iris Klaus an. »Wir müssen den Stil abschneiden.«

Klaus wandte sich um, doch sein Vater hielt ihn zurück. Dann griff er nach dem Speer, drehte ihn herum und hielt ihn kurz darauf in der Hand. »Draußen ist er.«

Iris lief ins Badezimmer und holte ein paar Handtücher, die sie dem Verletzten auf die Wunde legte.

»Wennst willst, kipp' ich ihm noch einen Schnaps drauf, dann ist's gleich desinfiziert«, lachte Hans Folkberg.

»Jetzt schauts halt nicht so deppert. Tut's was!«

»Ruf die Polizei, Klaus«, sagte Hans Folkberg. »Der wollte mich überfallen.«

Panik flammte in Iris Blick auf. Auch Klaus stand wie gelähmt da. Verdammt. Damit würde der ganze Plan auffliegen. Volker würde garantiert reden.

»Ja, ruf die Polizei, Klaus!«, ächzte der Verletzte zynisch.

Iris wandte sich wieder an den Verletzten. Ihre Lippen formten lautlos die Frage nach dem Geld.

»Bring mich zum Boot, Iris! Es liegt unten am Steg«, forderte Volker sie im Befehlston auf, ohne auf die Frage einzugehen.

»Nix da, du bleibst, wo du bist, bis die Polizei da ist. Jetzt ruf schon an, Klaus.«

»Hat er denn schon etwas gestohlen?«, fragte Klaus.

»Nein, aber er wollt!«

»Das musst du aber erst einmal beweisen«, behauptete Klaus.

»Warum sonst schleicht man in ein fremdes Haus mit einem Baseballschläger in der Hand? An den Hals wollt er mir gehen.«

»Weil'st immer deinen Tresorschlüssel um den Hals tragen musst«, schimpfte Iris halbherzig. »Das war nur eine Frage der Zeit, bis ...«

»Jetzt steh nicht blöd rum und erklär dem alten Sack noch unseren Plan. Bring mich zum Boot, Iris!«, unterbrach sie Volker ungeduldig. Unter seinem Bein hatte sich inzwischen eine Blutlache gebildet.

In dem Moment schien Hans Folkberg die Zusammenhänge zu begreifen. Er starrte Iris an. »Ihr kennt euch? Woher? Wer ist das?«

Iris antwortete nicht, half dem Verletzten hoch und stützte ihn auf dem Weg nach draußen. Klaus und sein Vater sahen sich an. In dem Augenblick begriff sogar Klaus, dass es Iris nie um die Frühstückspension gegangen war. Sie wollte das Geld nehmen und mit diesem Volker abhauen.

Sollte er seinem Vater sagen, dass er Bescheid gewusst hatte?

»Den Schlüssel trag ich schon lang nicht mehr um den Hals«, sagte sein Vater plötzlich und setzte sich in Bewegung. Klaus folgte ihm. Von der trockenen Terrasse aus beobachteten sie, wie sich die beiden Richtung Steg davon machten.

Blitze zuckten, Donner grollte. Hans Folkbergs Blick wanderte über den aufgepeitschten See. »Die kommen nicht weit.« Sie warteten stumm, bis die beiden außer Sichtweite waren. »Ruf die Wasserrettung an, Klaus.«

Klaus Folkberg wartete noch eine Weile, dann sagte er. »Wennst meinst.« Dann fingerte er langsam sein Handy aus der Hosentasche und wählte die Notrufnummer.

Der See war viel zu unruhig, das Boot war gekentert. Von den beiden Insassen war keine Spur zu finden.

»Wer ist denn so bescheuert und fährt bei so einem Wetter raus?«, fragte der Leiter der Wasserrettung.

»Seine Frau und ihr Liebhaber«, sagte Hans Folkberg.

Der Einsatzleiter sah Klaus mitleidig an und legte ihm die Hand auf die Schulter.

Nein, er würde seinem Vater nicht sagen, dass er von dem Plan wusste.

Später, als die Einsatzkräfte abgezogen waren und der Sturm sich endlich gelegt hatte, standen Vater und Sohn Seite an Seite am Steg, blickten hinaus auf den dunklen See. Klaus war überrascht, dass ihm die Iris nicht fehlte.

»Na wenigstens hat der See Trinkwasserqualität«, sagte der Alte zynisch.

»Bis ganz hinunter«, ergänzte Klaus.

Drei Monate später nahm das Freilichtmuseum am Seeufer allmählich Gestalt an. Noch ein paar Monate, und sie würden zur Eröffnung einladen können. Sogar der Einbaum, der den Jägern als Boot diente, sollte seinen fixen Platz haben.

Klaus lächelte zufrieden. Die Arbeit an der Seite seines Vaters machte ihm großen Spaß. Das hätte er nie für möglich gehalten. Er war auf dem alten Bauernhof zur Welt gekommen, hatte mit Iris die Frühstückspension aufgebaut. Gut, die musste er jetzt wohl oder übel alleine weiterführen. Doch bald würde er auch Museumsbetreiber sein. Ein gutes Gefühl.

Seit dem Unglück öffnete er für sich und seinen Vater jeden Abend zur selben Zeit je eine Flasche Bier. Sie setzten sich auf die Bank vor dem Haus, sahen hinaus auf den Attersee. Manchmal überlegte Klaus, wie es Iris wohl so erging am Grund des Sees. Man hatte die beiden nicht gefunden, war aber sicher, dass sie es nicht lebend ans Ufer geschafft hatten.

Irgendwann wird's schon wieder hochkommen, dachte er. Oder auch nicht.

Doch die Gedanken an sie würden weniger werden, wusste er. Und bald würde er gar nicht mehr an sie denken. Spätestens dann, wenn die Pfahlbauern in ihre Hütten einzogen.

URLAUB IN STROBL

OSKAR FEIFAR

Ein schöner Sommer ist das gewesen damals. Und ein total heißer noch dazu. Da hat es sich für den Bezirksinspektor Strobel, seines Zeichens Postenkommandant des Gendarmeriepostens in Tratschen, und seine herzallerliebste Frau Doktor natürlich gar nicht schlecht getroffen, dass sie ihren ersten gemeinsamen Urlaub hatten. Im Vorfeld hatte es freilich ein paar Diskussionen darüber gegeben, wo sie denn diesen quasi historischen Anlass begehen sollten, aber schließlich einigten sie sich darauf, nach Strobl am Wolfgangsee zu fahren. Wohin sollte der Strobel denn auch sonst fahren, wenn nicht nach Strobl? Aber wie auch immer.

Der Strobel ist mit seiner Angebeteten jedenfalls nach Strobl gefahren. Die ersten beiden Tage hat das auch prächtig funktioniert, weil beide zuerst lediglich Erholung im Sinn hatten. Zumindest was die Tage betraf. Von daher genügte es ihnen, zum See zu gehen und sich mit einem Buch in die Sonne zu legen.

Sie hatten sich im Zentrum des Ortes, beim Kirchenwirt einquartiert. Das bedeutete nicht nur ein gemütliches Zimmer, sondern auch ein Restaurant, in dem sie abends essen konnten, bevor sie sich ins Private zurückzogen, von dem ich dir hier aber nichts erzählen werde. Das geht ja schließlich keinen etwas an, was die Turteltäubchen so getrieben haben, sobald das Licht aus war.

Der Montag und der Dienstag blieben also ziemlich ereignislos. Im positiven Sinne natürlich. Am Mittwoch bemerkte der Strobel schon beim Frühstück, dass seine Herzallerliebste ein kleines bisschen unruhig war. Das äußerte sich derart, dass sie ihn, noch bevor er seine erste Marmeladensemmel verspeisen konnte, schon zweimal gefragt hatte, ob er einen Vorschlag habe, was sie mit dem Tag anfangen sollen.

Von je her eher ein gemütlicher Mensch, hatte er einen solchen aber nicht parat und verspürte auch wenig Lust, sich, bevor er mit Frühstücken fertig war, Gedanken über diese Frage zu machen. Die Frau Doktor wäre aber nicht sie selbst gewesen, hätte sie nicht insistiert, wie der Lateiner sagt. Auf gut Deutsch heißt das, sie ist ihm mit der Frage auf die Nerven gegangen. Jetzt denkst du vielleicht, dass das auf die Nerven gehen am dritten Tag des ersten gemeinsamen Urlaubs eine starke Leistung war. Aber da kann ich dich beruhigen. Es lag nicht direkt an ihr und der Frage, sondern mehr am Hunger, den der Strobel nach den nächtlichen Aktivitäten verspürte. Ergo wollte er, getreu dem Motto: »Ohne Mampf kein Kampf«, zuerst essen.

Er war aber auch erfahren genug, um schon bald zu erkennen, dass er mit seiner Verzögerungstaktik keinen Blumentopf gewinnen würde, und vollführte einen nahezu grenzgenialen Strategiewechsel, indem er einen Vorschlag aus seinem nicht vorhandenen Ärmel schüttelte. Eine Bootsfahrt nämlich. Gut, ich muss zugeben, dass er nicht ganz von selbst draufgekommen ist, sondern es mehr der Werbetafel des Bootsverleihs geschuldet war, aber immerhin. Wenigstens sieht man daran, dass Werbung nicht immer umsonst sein muss.

Die Frau Doktor nahm den Vorschlag jedenfalls begeistert auf, und sie beschlossen, gleich nach dem Frühstück für den ganzen Tag ein Boot zu mieten. Wobei die Dame mit einem Fingerzeig auf seinen Bauchansatz für ein Ruderboot plädierte. Ganz so, als hätte sie die Gedanken ihres Liebsten gelesen, der lieber mit einem elektrisch betriebenen Kahn in See gestochen wäre.

Etwas mehr als eine Stunde später standen die beiden dann auf dem Bootssteg. Ausgerüstet mit allem, was für einen Tag auf dem See benötigt wurde. Bücher, Sonnencreme, Sonnenschirm und eine Kühltasche mit Getränken und ein paar belegten Broten. Hungern wollten sie nämlich auf keinen Fall. Die Frau Doktor war so frei, neben ihrer Handtasche auch noch zwei Handtücher zu tragen.

Zu ihrer Verwunderung schien niemand da zu sein, der ihnen ein Boot hätte vermieten können. Das Kassenhäuschen stand sperrangelweit offen, und der Strobel erkannte noch zwei weitere Paare, die offenbar auf der vergeblichen Suche nach dem Bootsverleiher waren. Seine Uhr verkündete eindeutig, dass sie nicht zu früh gekommen waren. Weil aber die Kraft bekanntlich in der Ruhe liegt, dirigierte er die Frau Doktor zu einer freien Bank, und sie setzten sich, um das herrliche Panorama auf sich wirken zu lassen, während sie warteten.

Einige Zeit später hatten die anderen Paare genug von der Warterei und gingen weg. Auf dem Gesicht der Frau Doktor machten sich traurige Dackelfalten breit, als sie feststellte, sich doch so sehr auf die Bootsfahrt gefreut zu haben. Ganz furchtbar enttäuscht sei sie jetzt, fügte sie hinzu. Damit hat sie beim Strobel natürlich die richtigen Saiten angeschlagen, und er startete den Versuch, die Situation zu retten. Er ging also zu den Getränke- und Souvenirläden rundum und fragte dort, ob jemand wisse, wo der Verleiher abgeblieben sei.

Zwei Verkäuferinnen bestätigten ihm zwar, den Mann heute schon gesehen zu haben, konnten aber nicht sagen, wo er war. Die übrigen Befragten wussten von nichts. Als der Strobel zur Bank zurückgehen wollte, kam eine der beiden Verkäuferinnen nochmals auf ihn zu und gab ihm den Tipp, sich eines der Boote auszusuchen und das Geld dafür einfach in die Kasse zu legen.

»Ich mache das auch öfter so …«, versicherte sie mit treuherzigem Augenaufschlag und machte sich wieder davon. Mit dieser Idee im Kopf ging er zurück zur Bank. Die Frau Doktor, im Brotberuf Richterin, nahm diesen Vorschlag naturgemäß nicht diskussionslos an, sondern klärte gedanklich zuerst einmal die rechtlichen Aspekte der Sache. Weil, wie sie meinte, es doch furchtbar peinlich wäre, wenn eine Richterin und ein Gendarm bei etwas Rechtswidrigem erwischt würden.

Der Strobel war mit seinem eigenen Rechtsgutachten schon fertig und setzte die Idee in die Tat um. Ergo warf er einen Blick auf die Preisliste, hielt kurz den Atem an und kramte dann mit etwas spitzen Fingern den nötigen Geldbetrag aus seinem Portemonnaie, den er in die Kasse legte. Anschließend ging er zu einem der Elektroboote, um es in Betrieb zu nehmen.

Jetzt ist Bootsverleiher zwar kein Lehrberuf, aber mit dem Material muss man sich trotzdem auskennen. Das war zweifelsohne ein Manko beim Strobel. Obwohl er auch so hätte wissen müssen, dass Boote, die auf dem Wasser liegen, zum Schaukeln neigen. Überhaupt dann, wenn man sie ungleichmäßig belastet. Genau das hat der Strobel gemacht, als er vom Steg in das Elektroboot stieg. Na ja, eigentlich plumpste er mehr hinein. Auf einem Bein noch dazu, weil das andere es vorzog, noch ein wenig länger auf dem ca. 40 Zentimeter höher liegenden Steg zu verweilen. Das schadete dem Wohlbefinden vom Strobel und auch der Naht seiner etwas zu eng sitzenden Hosen.

Und weil das Boot jetzt echt wild schaukelte, musste der einbeinige Strobel ganz furchtbar mit beiden Armen rudern, um das Gleichgewicht halten zu können. Das Ganze begleitet von Lauten wie:

»Ahhh …, aaahhh …, oahh …, Scheiß …«

Platsch, und weg war er, der Strobel. Zu seinem Pech ist er aber nicht auf der freien Seite ins Wasser gefallen, sondern zwischen Steg und Boot durchgepurzelt, nachdem es ihm gelungen war, sein zweites Bein an Deck zu holen, und sein Körper – wahrscheinlich aus Freude über die Wiedervereinigung – eine Pirouette rückwärts vollführt hatte, die ihm endgültig das Gleichgewicht raubte und ihn mit einem kleinen Umweg über die Bordwand, der ihn ein paar Zentimeter Rückenhaut kostete, ins Wasser beförderte. Völlig unbemerkt von der Frau Doktor, die lesend auf der Bank saß.

Glücklicherweise schlug er erst unter Wasser mit dem Kopf gegen einen Pfeiler des Stegs. Da hätte er sich sonst böse verletzen können. So aber tat es nur weh. Das spürte der Strobel aber nicht gleich, weil sein Hirn ein bisschen mit Panik beschäftigt war. Er selbst wusste natürlich, dass die Wassertiefe kein Grund zur Besorgnis war, weil er an dieser Stelle problemlos stehen konnte. Sein Hirn aber nicht. Das dumme Ding glaubte, ertrinken zu müssen. Deswegen befahl es seinen Armen immer weiter zu rudern, während der Rest seines Körpers damit beschäftigt war sich vertikal auszurichten, um seinen frisch vermählten Beinen Bodenberührung zu verschaffen.

Vor seinem geistigen Auge sah sich der Strobel, mit weit aufgerissenen Augen, unter dem Bootssteg, tot auf dem Grund des Sees hocken. Das leuchtende Gelb seines Shirts hob sich deutlich vom dunklen Holz des Stegs ab. Ein makaberes Bild, das sofort wieder verschwand, als seine Füße endlich den Grund fanden. Da kam nämlich gleich Ordnung in das Durcheinander seiner Gliedmaßen, und er richtete sich, immer noch unbemerkt von der Frau Doktor, prustend zu voller Größe auf.

Und da stand er nun, zwischen Boot und Steg eingeklemmt und konnte sich kaum rühren. Über ihm streckten immer mehr Menschen, die den Vorfall beobachtet hatten, ihre Köpfe in seine Richtung. Das wiederum rief unzählige Schaulustige auf den Plan, die wissen wollten, was es zu sehen gab. Mit anderen Worten, der Steg füllte sich in Minutenschnelle mit einem ganzen Haufen Unglücksgeier. Mit Ausnahme der Frau Doktor. Die blickte zwar kurz auf, war aber nicht sensationshungrig genug, um sich beim Lesen stören zu lassen.

Der Strobel versuchte indes, aus dem Wasser zu klettern, fand dafür aber nicht genügend Platz vor, weil die Gaffer gar nicht daran dachten, zurückzuweichen. Einer der Männer auf dem Steg erkannte die Situation und streckte dem Strobel seine helfende Hand entgegen. Aber noch bevor dieser sie ergreifen konnte, wurde der Helfer von einer resolut aussehenden, etwas schwergewichtigen Dame nach hinten gedrängt, die offenbar unbedingt ein paar Fotos schießen wollte. Protest kam in der Menge auf, der allerdings gleich wieder verstummte, als die Dame einen bösen Blick über die Schulter warf.

Halb im Wasser, halb auf dem Steg, hing der Strobel rettungstechnisch quasi in der Luft, als es der Mann von vorhin doch noch schaffte, seinen Arm zu ergreifen. Just in diesem Augenblick gab die erste Reihe der Zuschauer unter dem Druck der nachdrängenden Menschen nach, und unter dem lauten Gejohle einiger Junger Leute, die offensichtlich bestens gelaunt waren und das Schauspiel genossen, purzelten etliche Personen ins Wasser. So auch der Strobel. Mitsamt seinem Helfer, der ganz nebenbei bemerkt im Boot landete und sich eine Rissquetschwunde am Kinn zuzog.

Na was glaubst du, wie da die Freude schlagartig groß geworden ist bei den Umstehenden? Endlich ein bisschen Blut. Darauf schienen sie sehnlichst gewartet zu haben. Der Strobel hat davon allerdings nichts mitbekommen. Der war damit beschäftigt, sich unter dem Körper einer älteren Dame hindurch, wieder an die Wasseroberfläche zu kämpfen. Dabei gaukelte ihm sein Verstand wieder das Bild von ihm als Wasserleiche vor, was die Situation nicht gerade besser machte.

Als er endlich seinen Kopf über Wasser bekam, hörte er Stimmen rundum, die alle möglichen Fragen stellten. »Siehst du was? Was ist denn da passiert? Um was geht's denn da? Geh leck, da ist ein Haufen Blut im Wasser …, Können S' nicht ein Stück zur Seite geh'n? Ich seh ja nix! Jetzt drängeln S' halt nicht so! Hauen S' mir doch nicht dauernd Ihren Ellenbogen in die Rippen, Sie Arsch Sie …« und so weiter und so fort. Ein ziemlich lautes Gewirr an Stimmen war das. Nur etwas weiter links rief jemand: »Jetzt helf halt einmal jemand diesen Leuten, damit die aus dem Wasser kommen …«

Dann hörte der Strobel ganz kurz nichts mehr, weil irgendjemand hinter ihm versuchte, sich auf seine Schultern zu stützen, und ihn dabei unter Wasser drückte. Wieder kam ihm das Bild in den Sinn und wieder registrierte er den harten Kontrast vom Gelb des Shirts zu dem fast schwarz wirkenden Holz des Stegs. Seltsam, was einem so auffällt, wenn man am Sterben ist, dachte der Strobel, stemmte sich aber dann doch wieder in die Höhe, um Luft in seine Lungen zu kriegen.

Währenddessen fielen immer mehr Leute in den See. Manche sprangen sogar freiwillig, nur um besser sehen zu können, was da eigentlich los war. Die Hilflosigkeit vom Strobel verwandelte sich nach und nach in blanke Wut. Er konnte tatsächlich nicht begreifen, was da rund um ihn passierte. Ich meine, natürlich war er es gewohnt, dass die Leute glotzten, sobald etwas passierte. Dabei war es völlig egal, ob es brannte oder einen Verkehrsunfall gegeben hatte. Hauptsache, es gab was zu schauen. Das wusste der Ordnungshüter natürlich. Aber bis zu diesem Tag hatte es ihn noch nie selbst betroffen. Deshalb wuchs sein Zorn mit jedem neuen Versuch, aus dem Wasser zu kommen, schneller.

Bevor er allerdings explodieren konnte, kreischte ihm von links hinten eine Frau ins Ohr:

»Da ertrinkt einer! Schnell, da ertrinkt einer! Direkt unterm Steg …, der kommt da nicht mehr raus! Er hat keinen Platz … Hiiilfee!!!«

Die ganze Zeit über deutete sie in Richtung des Stegs, den der Strobel vergeblich zu erklimmen suchte. Keiner schien verstanden zu haben, was die Frau gerade gerufen hatte. Zumindest reagierte niemand darauf. Den Strobel selbst holte diese Information in die Wirklichkeit zurück. So wie es aussah, galt es, ein Leben zu retten. Also tauchte er ab. Diesmal freiwillig und nicht ganz so, wie man das gemeinhin macht. Er tauchte nur im Stehen den Kopf ins Wasser und schaute dabei in die angegebene Richtung. Und was glaubst du, hat er da gesehen?

Genau! Wieder sich selbst. Zumindest glaubte er das im ersten Moment. Doch diesmal zwang er sich, ruhig zu bleiben und genauer hinzuschauen. Und siehst du, das hat sich für ihn gelohnt. Weil jetzt erkannte er, dass auf dem Shirt etwas geschrieben stand. Und zwar in leuchtend roter Schrift. *Botvrlh* stand da nämlich zu lesen, und ich muss sagen, das Rot machte sich auf dem gelben Hintergrund richtig gut. Das nahm auch der Strobel am Rande wahr. In der Hauptsache beschäftigte ihn allerdings dieses seltsame Wort. Er war sich sehr sicher, kein Shirt mit einer derartigen Aufschrift zu besitzen. Aber bevor er sich die Sache näher anschauen konnte, musste er den Burschen aus dieser Klemme befreien.

In dem Moment fiel jemand von oben auf ihn drauf. Es fühlte sich so an, als habe ihn ein Ellenbogen oder ein Knie am Kopf getroffen. Genau konnte er das allerdings nicht sagen. Es tat jedenfalls höllisch weh. Mit dem Schmerz kam auch der Zorn wieder. Und diesmal hielt er sich nicht zurück. Mit aller Macht stemmte er seine Füße in den Boden und schoss dann förmlich aus dem Wasser. Dass er dabei mit dem rechten Arm ein Nasenbein traf, störte ihn nicht weiter.

Dann ging alles ziemlich schnell. Luft holen, wieder eintauchen, unter den Steg schwimmen, den Kerl unter den Achseln packen und zurück an die Wasseroberfläche. Alles in Windeseile. Das dauerte keine halbe Minute. Dabei kam dem Strobel vor, dass der Kerl ziemlich schwer war. Das hielt ihn jedoch nicht davon ab, ihn mit sich zu nehmen.

Als er diesmal auftauchte, waren da zwei Gendarmen auf dem Steg. Mitten zwischen den Schaulustigen.

Sie hatten es mit viel Mühe geschafft, sich durch die Menge zu arbeiten, weil sie natürlich wissen wollten, was dieser Auflauf zu bedeuten hatte. Dabei mussten sie sich aber ganz gehörig anstrengen. Weil freiwillig wollte keiner seinen guten Platz aufgeben. Da blieb den Beamten nichts anderes übrig, als, unter dem lauten Protest der Menge ein kleines bisschen Körperkraft einzusetzen.

Jetzt knieten sie ganz vorne, streckten dem Strobel ihre Arme entgegen und nahmen ihm seine Last ab. Als sie den Mann im gelben Shirt auf den Steg zerrten, teilte sich die Menge auf wundersame Weise. Aber nicht, weil die Leute vernünftig geworden waren. Nein! Es ging ihnen nur darum, besser sehen zu können. Die beiden Ordnungshüter halfen dann auch noch dem Strobel aus dem Wasser, bevor sie sich an die Versorgung des Opfers machten.

Viel gab es da allerdings nicht mehr zu tun. Das war den erfahrenen Beamten schon auf den ersten Blick klar. Trotzdem überprüfte einer von ihnen Puls und Atmung. Routinemäßig quasi. »Da ist nichts mehr zu machen. Der ist tot«, stellte er dann fest und lockerte den Strick, der um den Hals des Toten lag und an dessen Ende ein Stein festgebunden war. Ein Raunen ging durch die Zuschauer. Endlich passierte etwas. Zuerst das bisschen Blut und jetzt eine Leiche. Keine schlechte Ausbeute für die paar Minuten. Fotos wurden geschossen, neunmalkluge Kommentare abgegeben, einer redete lautstark von Mord, und am Ende wurden die beiden Gendarmen kritisiert, weil sie zu spät gekommen waren, um den armen Mann zu retten.

Der Strobel hockte erschöpft neben der Leiche und atmete schwer. Nur ganz langsam begriff er, dass er es hier tatsächlich mit einem Mordopfer zu tun haben konnte, und überlegte schon einmal, was jetzt wohl zu machen war. Witzig irgendwie, dass das Hirn vom Strobel in diesen Augenblicken völlig vergessen hatte, dass er gar nicht im Dienst und hier schon gar nicht zuständig war. Das lag wahrscheinlich am Schock. Weil Gendarm hin, Ordnungshüter her, so eine Leichenbergung hinterlässt schon ihre Spuren. Gar keine Frage. Ich persönlich finde ja, dass es absolut seinen Reiz gehabt hätte, wenn der Strobel Postenkommandant in Strobl gewesen wäre. Aber wie dem auch sei.

Jetzt, wo der Strobel so neben dem Toten hockte und ihn sich genauer anschauen konnte, wurde aus der Aufschrift *Botvrlh* mehr und mehr das Wort *Bootsverleih*. Was natürlich erklärte, warum niemand in dem Kassenhäuschen gewesen war. Es erklärte allerdings nicht, wie der arme Tropf mit dem Stein um den Hals unter den Steg gekommen war.

In der Zwischenzeit hatten die beiden Gendarmen um Hilfe gefunkt, und es trafen immer mehr Einsatzfahrzeuge ein. Die Kollegenschaft tat sich auch sogleich zusammen, um die Schaulustigen im wahrsten Sinne des Wortes vom Tatort zu verdrängen. Das zog sich schier endlos hin, da die meisten den Anordnungen nur sehr zögerlich Folge leisteten. Erst als die Beamten androhten, jeden festzunehmen, der sich ihnen widersetzte, kam Bewegung in die Sache, und sie machten den Steg frei.

Gerade rechtzeitig für den Auftritt der Kollegen von der Kriminalpolizei, die mit der Spurensicherung im Schlepptau daherkamen. Einer der beiden Männer ging dann auf den Strobel zu. Grußlos und ohne zu fragen, wie es ihm ging, forderte er ihn auf, zu erzählen, was passiert war.

»Grüß Gott!«, antwortete der Strobel betont laut, bevor er sagte, was zu sagen war. Aus den Augenwinkeln beobachtete er die Arbeit der Spurensicherer. Anders als er es aus Tratschen gewohnt war, kam dann auch noch der Gerichtsmediziner zum Tatort, um die Leiche zu beschauen. Aber mehr als die Tatsache, dass der Mann tot und vermutlich ertrunken war, konnte der freilich auch nicht sagen.

Jetzt, wo sich die Menge zurückgezogen hatte, war auch die Frau Doktor auf die Szenerie aufmerksam geworden. Und als sie ihren Strobel dann, nass bis auf die Haut und von den Kämpfen im Wasser deutlich gezeichnet, wie ein Häuflein Elend auf dem Steg hocken sah, kam schlagartig Leben in sie, und sie wollte zu ihm. Einer der Beamten machte den taktischen Fehler, sich ihr in den Weg zu stellen und sie daran hindern zu wollen. Na was glaubst du, was da für ein Donnerwetter über dem armen Kerl herniedergegangen ist? Da hat sogar der erschöpfte Strobel Mitleid bekommen.

Letztendlich ist sein Herzblatt dann, unter Hinweis auf ihre Stellung, an dem Mann vorbeigerauscht, um sich um ihren Schatz zu kümmern und sich darüber aufzuregen, dass ihm niemand half. Es muss aber gesagt werden, dass zwei Rettungsfahrzeuge an Ort und Stelle waren, die Sanitäter sich allerdings um diejenigen kümmern mussten, die ärger verletzt waren. Wie der Helfer vom Strobel zum Beispiel, der immer noch stark blutete, oder der Typ, dem der Strobel beim Auftauchen das Nasenbein gebrochen hatte. Sei's drum.

Derweil brach auf dem Steg eine rege Diskussion darüber aus, wie man herausfinden sollte, wer dem Bootsverleiher den Strick um den Hals gebunden hatte und vor allem warum. Weil, wie die Einser-Regel schon sagt: Hast du das Motiv, hast du auch den Mörder. Oder so ähnlich. Die ortsansässigen Gendarmen äußerten zur Mordtheorie vorsichtige Bedenken und meinten, dass den Schifferl-Pepi, wie sie das Opfer nannten, ein jeder im Ort kannte und auch mochte. Dieser Mensch, so sagten sie, habe überhaupt nichts Böses an sich gehabt. Geistig ein bisschen langsam, aber unglaublich freundlich. Gewohnt habe er, trotz seiner fast 35 Lenze, bei seiner Mutter. Es sei, so meinten sie, nur sehr schwer vorstellbar, dass ihn jemand ermordet haben sollte.

»Bei dem Spitznamen war das sicher ein Selbstmord …«, kommentierte einer der Kripobeamten die Ausführungen seiner Kollegen und ließ sie damit gleich wissen, was er davon hielt. Der Strobel hätte sich schon fast eingemischt, beschloss aber im letzten Moment, sich doch lieber aus dem Fall herauszuhalten. Nicht zuletzt seiner Frau Doktor zuliebe, der man es schon von weitem ansehen konnte, dass sie voller Sorge war.

Trotz der etwas eigenwilligen Gesamtsituation meldete sich dann aber der Sparefroh, der wie ein kleiner Dorn im Fleisch vom Strobel steckte, und erinnerte ihn an den stattlichen Geldbetrag, den dieser für die Bootsmiete hinterlegt hatte. Das führte dazu, dass er zum zweiten Mal an diesem Tag ein gedankliches Rechtsgutachten erstellte, das besagte, dass er die bezahlte Leistung nicht in Anspruch genommen und von daher ein Anrecht auf die volle Rückerstattung des Mietpreises hatte.

Ohne weiter darüber nachzudenken, ob er eventuell Spuren setzen oder vielleicht sogar vernichten könnte, marschierte er zielstrebig in das Kassenhäuschen. Das sah fast ein bisschen lustig aus, wie er da völlig durchnässt dahin latschte. Seine Kleider waren so nass und schwer, dass sie wirkten, als wären sie drei Nummern größer geworden. Dazu kam noch der Riss in seinen Hosen. Der fehlende Schuh machte die Sache nicht gerade besser. Aber das hatte er in der Aufregung bisher gar nicht mitbekommen.

Als er die Kasse aufmachen wollte, um sein Geld herauszunehmen, fiel sein Blick auf einen großen braunen Umschlag, der an die Fensterscheibe gelehnt war. *Für meine Mama* stand darauf in etwas ungelenker Handschrift zu lesen. Der Ordnungshüter unterdrückte den Impuls, den Umschlag in die Hand zu nehmen. Stattdessen rief er seine uniformierten Kollegen herbei. Mit den Kripoleuten wollte er nämlich nichts zu tun haben.

Die lange Geschichte kurz erzählt, ist, dass sich in dem Umschlag ein Abschiedsbrief fand. Und zwar ein wirklich rührender, in dem sich der Schifferl-Pepi ganz aufrichtig bei seiner Mutter für alles bedankt hat, was sie in seinem Leben für ihn getan hatte, und er entschuldigte sich dafür, dass es ihm nicht möglich gewesen war, der Sohn zu sein, den sie sich verdient gehabt hätte. Vor kurzem, so schrieb er weiter, habe er erfahren müssen, dass er zu allem Überfluss auch noch an Krebs erkrankt sei.

Da ich dir, geliebte Mutti, die du selber gesundheitlich nicht mehr ganz auf der Höhe bist, auf keinen Fall noch mehr zur Last fallen möchte, habe ich beschlossen, ins Wasser zu gehen. Aber sei deswegen bitte nicht traurig. Du weißt ja, wie sehr ich den See und die Boote immer geliebt habe. Ich werde am anderen Ufer auf dich warten. Aber wenn ich du wäre, würde ich mir noch ein paar Jahre Zeit lassen.
In Liebe, Dein Pepi

PS: Bitte leg mir keine Blumen auf mein Grab. Kauf für das Geld lieber Futter für die Enten!

Total gerührt stand der Strobel da und fasste die Hand seiner Frau Doktor unwillkürlich ein kleines bisschen fester. Fast sah es so aus, als würde sich eine Träne aus seinem Augenwinkel schleichen wollen. Aber das, so behauptete er später, war nur ein Tropfen Seewasser. Sein Zorn auf die sensationsgeile Meute, verrauchte ebenfalls. Zumindest für den Moment. Als er diese Menschen jetzt anschaute, taten sie ihm fast leid.

»Wie wenig Interessantes muss wohl in euren Leben passieren, dass ihr euch am Unglück anderer weiden müsst?«, murmelte er in seinen nicht vorhandenen Bart und ließ sich von seiner Herzallerliebsten zum Hotel zurückführen. Nach der vielen Aufregung, so beschloss er, wollte er sich zumindest ein ganz kleines bisschen von ihr verwöhnen lassen.

HAUTNAH

CLAUDIA ROSSBACHER

Es hätte weitaus schlimmer kommen können, dachte Luigi und erhob sich aus dem Regiestuhl. Über ihm der blaue Himmel. Unter seinen Füßen die saftig grüne Wiese. Hinter seinem Rücken der dunkle Wald. Ringsherum die Alpen. Dass es sich dabei um Bergspitzen des Dachsteinmassivs und des Losers handelte, wusste Luigi freilich nicht. Ebenso wenig ahnte er, was ihm bevorstand. Zwar war er nicht zum Vergnügen nach Bad Aussee gereist, sondern um zu arbeiten, dennoch ließ es sich hier aushalten. Wenigstens zwei Tage lang. So lang war er für das Lookbook-Shooting einer exklusiven Bad Ausseer Trachtenwerkstätte gebucht.

»bad aussee?«, hatte er gefragt, als ihm seine Münchner Bookerin über WhatsApp das Hotel und die Location durchgegeben hatte. »und ich dachte, ich werde gebucht, weil ich gut aussee«, hatte er aus New York zurückgetextet.

»wäre dir altaussee lieber gewesen?«, hatte sie prompt geantwortet.

Was für seltsame Ortsnamen ... Beide musste Luigi erst einmal googeln. Ausseerland, steirisches Salzkammergut, Österreich, aha. Hinter den sieben Bergen bei den sieben Zwergen, fiel ihm beim Anblick der digitalen Satellitenkarte auf seinem iPhone spontan ein. Hoffentlich gab es auch ein hübsches Schneewittchen, mit dem er sich dort vergnügen konnte.

»gib wie immer dein bestes«, hatte ihm die Bookerin noch geschrieben.

Klaro. Dafür war Luigi in der Branche bekannt. In New York ebenso wie in Mailand und Tokio. Selbst das Badehosen-Shooting am Nordseestrand für das deutsche Hochglanz-Sportmagazin hatte er ohne mit der Wimper zu zucken durchgezogen. Stundenlang hatte er dem eisigen Sturm am Watt getrotzt. Ebenso den 51 Grad Celsius in der Sahara, wo er unlängst für das Editorial einer renommierten französischen Modezeitschrift vor der Kamera gestanden hatte. Die Aircondition im Garderoben-Trailer war ausgefallen. Während sich die anderen Models bei laufenden Motoren und Klimaanlagen immer wieder in den Autos abkühlten und damit die Nerven des Fotografen und des Art-Directors gleichermaßen strapazierten, stand Luigi trotz sengender Hitze seinen Mann, bis alle Aufnahmen im Kasten waren. Schließlich war er Profi und verdiente gutes Geld.

Pünktlichkeit und Disziplin hatte ihm sein deutscher Vater mitgegeben. Um nicht zu sagen, eingeprügelt. Ebenso die stattliche Größe von 1,89 Meter, den athletischen Körperbau, die veilchenblauen Augen und den Namen Ludwig Schulze-Meyer. Den Rest hatte er von seiner italienischen Mutter geerbt. Seit dem Tod des Vaters nannte er sich offiziell Luigi. Mamma hatte ihn als kleinen Jungen immer so genannt. Heimlich, damit der Vater es nicht mitbekam. Sonst wäre ihm wieder die Hand ausgerutscht. Bestimmt hätte sich Mamma über den Namenswechsel ihres einzigen Sohnes gefreut, wäre sie zu diesem Zeitpunkt noch am Leben gewesen. Gerade mal elf Jahre alt war Luigi gewesen, als der Vater sie vor seinen Augen totgeschlagen hatte. Offiziell war sie bei einem Treppensturz ums Leben gekommen. Luigi war gezwungen, zu schweigen, sonst hätte ihn der Vater ebenfalls erschlagen. Er schluckte die Erinnerung hinunter.

Heute war er ein international gefragtes Model. Aber der Job war kein Honiglecken. Selbst wenn die halbe Welt, vor allem der weibliche Teil, dies zu glauben schien. Das wiederum kam Luigi durchaus gelegen. Die Frauenherzen flogen ihm scharenweise zu. Wie die sprichwörtlichen Motten dem Licht. Anbrennen ließ er kaum etwas. Warum sollte er auch? Er sah gut aus, um nicht zu sagen fantastisch, war Single und stand nun mal auf schöne Frauen. Allerdings nicht halb so sehr wie die auf ihn. Sie nach einer Liebesnacht wieder loszuwerden, war meistens das weitaus größere Problem. Selbst wenn er am nächsten Tag die Stadt verließ, verfolgten sie ihn mit ihren Nachrichten und Anrufen. Um derlei unerwünschte Kontaktversuche abzustellen, hatte er anfangs falsche Daten weitergegeben. Aber mit Facebook & Co wurde es zunehmend schwieriger, spurlos zu verschwinden. Auch wenn er die betreffenden Damen blockierte, fanden die meisten ihn irgendwie doch und stellten Ansprüche. Eine hatte sogar behauptet, von ihm schwanger zu sein, was völlig ausgeschlossen war. Erstens war er steril und zweitens verwendete er immer Kondome. Also hatte er seine eigene Methode entwickelt, seine Gespielinnen endgültig loszuwerden. Eine, die ihm noch mehr Lust verschaffte. Den Frauen allerdings weniger. Aber die Schlampen waren ja selber schuld.

Nun war er also in Bad Aussee gelandet. »Nicht gerade der Nabel der Welt«, hatte er zu seinem Fahrer gesagt, als er gestern spätabends vom Salzburger Flughafen abgeholt und hierher chauffiert worden war.

»Immerhin san mir der geografische Mittelpunkt von Österreich«, hatte der Bad Ausseer selbstbewusst erwidert. »Im Kurpark gibt's an Markierungsstein, der diesen Punkt anzeigt. Leider hams vor zehn Jahren zur Landesausstellung auch noch die Mercedes-Brücke über die Traun baun miassn. Nix gegen a Bruckn an sich. Aber den überdimensionalen Stern im Mittelpunkt hätt's echt ned braucht. Weltweit der größte Mercedes-Stern, a so a Bledsinn. Unser schöner Kurpark is verschandelt. Na ja«, seufzte er, »die

Deitschn … Unser Erzherzog tät si im Grab umdrahn«, beschwerte er sich.

»Deutsche Bundesbürger sind hier wohl nicht sehr beliebt?«, fragte Luigi gerade heraus.

Der Fahrer zuckte wortlos mit den Schultern.

»Ich bin halber Italiener«, erklärte Luigi stolz. »Meine Mamma stammt aus Florenz.«

Wieder zuckte der Fahrer mit den Schultern. Offenbar änderte diese Information auch nichts an der Einstellung zu seinem Fahrgast, der nun mal wie ein Deutscher von jenseits der Weißwurstgrenze klang und damit hierzulande eindeutig zu den Piefkes zählte. Aber womöglich mochte der Mann ja auch keine Italiener.

»Welcher Erzherzog?«, fragte Luigi nach, um Interesse zu heucheln. Das hätte er lieber bleiben lassen.

Der Fahrer lachte und schüttelte den Kopf über so viel Unwissenheit. »Na der Erzherzog Johann. Unser Steirischer Prinz, der die Ausseer Postmeisterstochter Anna Plochl g'heiratet hat. Und des, obwohl ihm sei Bruder in Wien, der Kaiser Franz, verboten hat, die Bürgerliche zur Frau z' nehmen.«

Auch gut. Bis auf diese Mercedes-Brücke im Kurpark, die Luigi nicht gesehen hatte und vermutlich auch nicht sehen würde, ebenso wenig wie die zahlreichen Trachtenläden, die es hier gab, schien Bad Aussee ein beschauliches Plätzchen zu sein.

Heute Morgen war er bei strahlendem Sonnenschein in seinem äußerst bequemen Hotelbett aufgewacht und nach einem feudalen Frühstück mit der Crew ans Set hinüber gegangen. *Kaiserwetter* nannten sie das schöne Wetter hier. Waren wohl alle ein bisschen hinten nach und lebten in ihrer eigenen kleinen Welt, vermutete Luigi.

Heute standen die Outdoorshots für das Lookbook auf dem Programm. Fotografiert wurde direkt auf der Wiese gegenüber, rund um die alte Scheune. Angeblich war das Wetter im Ausseerland alles andere als beständig. Für morgen waren heftige Gewitter angesagt, denen ein Temperatursturz folgen sollte. Dann würde man in einer Almhütte shooten, hatte die Produktionsleiterin beim Frühstück erklärt.

Nicht nur die eindrucksvolle Bergkulisse und das prachtvolle Wetter waren ganz nach Luigis Geschmack, auch die blonde Ausseerin mit der neckischen Stupsnase und den Sommersprossen, die gerade bei ihm Hand anlegte. Es fühlte sich gut an, als sie mit sanften Händen über sein Hemd strich, um es zu glätten und dabei zwangsläufig seinen Bauch berührte. Kerstin war ihr Name. Oder hatte sie Kirsten gesagt? Egal. Sie wusste genau, was sie tat. Hübsch war sie außerdem. Mitte 20 höchstens, schlank, großer Busen, knackiger Arsch, wohlgeformte Beine, soweit sich das in ihren Boyfriend-Jeans beurteilen ließ. Auf alle Fälle war sie nicht so dürr wie die überlangen Hungerhaken, mit denen Luigi tagein, tagaus zu tun hatte. Bloß ihr seltsamer Dialekt war gewöhnungsbedürftig. Aber

Reden wurde ohnehin total überbewertet. Von ihm aus konnte es gleich und ohne viele Worte zur Sache gehen. Also nach dem Job, verstand sich. Dienst war Dienst, und Schnaps war Schnaps. Echt lecker war dieser Zirbenschnaps gewesen, den man ihm gestern nach seiner Ankunft im Hotel als Willkommenstrunk aufgedrängt hatte. Die Kleine schmeckte bestimmt noch leckerer. Ihr Geruch war jedenfalls vielversprechend. So vielversprechend, dass ihn nun die Lederhose plagte, in die sie ihn vorhin gesteckt hatte. Luigi zog möglichst unauffällig an den Hosenbeinen, was den Druck auf sein bestes Stück kaum milderte. Von wegen maßgeschneidert …

Normalerweise gab es lange Wartelisten für derlei exquisite Stücke, die mehrere Tausend Euro kosteten. Dafür hielten diese Lederhosen aus sämischgegerbtem Hirschleder ein Leben lang und noch länger, hatte ihm die Kleine erklärt. Sie musste es wissen, war sie doch die Tochter der Trachtenwerkstattchefin und brachte sich als Jung-Designerin bei Fotoshootings gern persönlich ein. Wenigstens war das Leder so dick, dass man seinen Ständer hinter dem handbestickten Hosenlatz nicht sehen konnte. Luigi schaute in den Spiegel des mobilen Schminktisches. Ihre Blicke trafen sich dort wieder, was seine Wirkung bei der Kleinen nicht verfehlte. Kerstins Wangen nahmen Farbe an. Oder Kirstens. Egal. Verdammt, er war geil auf sie.

»Was ist mit Luigi? Können wir dann, Kerstin?«, drang die Stimme des Fotografen an ihre Ohren. Die

Sicht aufs Set war durch einen Paravent verdeckt, hinter dem sich die Models umziehen konnten. Der große Sonnenschirm war geschlossen. Die Vormittagstemperaturen auf fast 900 Metern Seehöhe waren noch zu kühl, um länger im Schatten zu sitzen. Zum Arbeiten waren sie perfekt.

»Jo, mia kemman scho!«

Kerstin also, va bene.

»Beeilt euch! Die Sonne steht sonst zu hoch!«, polterte der Fotograf vom Set herüber.

Luigi trat einige Schritte zurück, sodass ihn nun auch die restliche Crew sehen konnte. Frankie stürmte auf ihn zu, um noch einmal an seinen hochgekrempelten Hemdsärmeln herumzuzupfen. Bildete er sich das ein, oder hatte er ihm eben auf seine Latte gestarrt? Nein, wie erwartet war davon nichts zu sehen, versicherte sich Luigi durch einen weiteren flüchtigen Blick in den Spiegel. Warum waren eigentlich alle Stylisten, Friseure und Visagisten schwul? Die Modedesigner sowieso. Und so viele seiner Kollegen. Luigi war das nur recht. Wenigstens hatte er die Frauen für sich. Er setzte sich in Bewegung.

»Warte, Luitschi, dein Hut!«, quäkte Frankie und lief ihm mit Trippelschritten hinterher wie eines dieser Schoßhündchen, die Luigi nicht ausstehen konnte. »Das ist ein Original-Ausseer«, erklärte ihm Frankie, mit der Kopfbedeckung wedelnd.

Die Junior-Chefin grinste.

Eigentlich mochte Luigi weder Hüte noch Hunde, ganz egal welcher Größe. Und Katzen erst recht nicht. Der Kater seiner letzten Gespielin in Paris hatte ihm während jeder Nummer auf die Klamotten gepisst. Drecksvieh. Das hatte man davon, wenn man ausnahmsweise mal mit ein und derselben Frau mehrere Liebesnächte verbrachte. Aber Sarah war mittlerweile Geschichte wie unzählige andere vor ihr auch, an deren Namen er sich nicht einmal mehr erinnerte.

Als Frankie ihm am Set den albernen grauen Filzhut mit dem grünen Band auf den Kopf setzte, konnte Luigi ein Seufzen nicht unterdrücken. Sein bestes Stück hielt ebenso wenig davon. Dafür passte ihm die Lederhose wieder wie angegossen. Aber egal. Er war hier nur das Model und hatte seinen Job professionell zu erledigen. Persönliche Befindlichkeiten zählten jetzt nicht. Um die konnte er sich später kümmern.

Larissa kicherte bei seinem Anblick hinter vorgehaltener Hand. Wie es normalerweise Japanerinnen taten. Wohl, weil die meisten von ihnen schiefe Zähne hatten, die sie nicht herzeigen wollten, vermutete Luigi. Larissas Gebiss war perfekt, wusste er von früheren Shootings mit ihr. Außerdem stammte sie aus der Ukraine. Was maßte sich diese Schlampe überhaupt an, ihn auszulachen? Der geflochtene rote Haarkranz, der sich wie ein Schneckenhaus mehrfach um ihren Kopf wand, sah nicht minder bescheuert aus, fand Luigi. Aber vermutlich war er der Einzige am Set, der mit diesem

Trachtenlook nichts am Hut hatte, auch wenn er einen Original-Ausseer trug. Dass die hiesige Bevölkerung tagtäglich so etwas anhatte, ebenso wie Lederhosen beziehungsweise Dirndln, hatte Luigi inzwischen verwundert zur Kenntnis genommen. Vor dieser Alpenkulisse passte der Aufzug ja irgendwie auch, musste er zugeben. Darüber hinaus sahen Lederhosen eigentlich ganz lässig aus und waren gar nicht mal so unbequem. Sofern man nicht gerade einen Ständer vor sich her trug.

Frankie, seines Zeichens der Lieblingsstylist des Star-Fotografen aus Berlin, war begeistert von der Tracht. Überhaupt von allem hier. Von den Bergen des Salzkammerguts, den glitzerenden Seen, der Schönheit der wildromantischen Landschaft. Er selbst trug eine kurze feuerrote Lederhose, allerdings ohne Hosenträger, die traditionellerweise dazugehörten.

Luigi erinnerte sich an das Oktoberfest, das er damals mit der brünetten Münchnerin besucht hatte. Einmal und nie wieder. Damals hatte er die Lederhose ihres Bruders getragen, die mit dieser hier nicht zu vergleichen war. Vermutlich von irgendeinem Trachtendiskonter. Aber was tat man nicht alles, wenn man scharf auf eine Frau war? Luigi hatte auf der Wiesn sogar Bier getrunken. Was überhaupt nicht Seines war. Nie gewesen. Ein guter Barolo oder Brunello war ihm bedeutend lieber. Auch ein feiner Grappa. Am liebsten nach einem delikaten Essen mit einer schönen Frau. Mit einer wie Kerstin. Kirsten? Jetzt war er sich schon wieder nicht sicher, wie sie hieß. Der ewige Jetlag machte ihm zu schaffen. Erst vorgestern war er von New York nach Paris geflogen, hatte dort für Lagerfeld gearbeitet, um am nächsten Tag über Frankfurt nach Salzburg zu jetten und anschließend hierher gefahren zu werden.

Die Kleine ließ ihn nicht aus den Augen. Bestimmt nicht nur, weil er die Klamotten der Trachtenwerkstatt trug, die sich seit vier Generationen im Besitz ihrer Familie befand. Er würde einfach Kay zu ihr sagen, um sie nicht beim falschen Namen zu nennen. Anfangsbuchstaben mussten reichen, wenn das Ende absehbar war. Luigi schenkte ihr ein vielsagendes Lächeln, ehe er sich Larissa zuwandte.

Das wenige Fleisch auf den Rippen des Models wurde von ihrem engen grünen Dirndlleib dermaßen zusammengequetscht und nach oben geschoben, dass sogar die spindeldürre Larissa so etwas wie Titten zeigte.

Gar nicht mal so schlecht, fand Luigi und grinste in ihren Ausschnitt. Nach einer Brustvergrößerung hätte er sich glatt für sie erwärmen können. Wäre sie kein Model gewesen, die er privat mied wie der Teufel das Weihwasser. Allesamt egozentrische neurotische Weiber mit einem Haufen Minderwertigkeitskomplexen.

Es folgten die üblichen Perfekt-bleibt-so-großartig!- und Geil, ja geil!-Rufe des Fotografen, bis das Vormittagsprogramm abgespult war. Bei jedem Outfitwechsel flirtete Luigi mit Kay. Diskret verstand sich, sodass niemand Verdacht schöpfte. Zeugen konnte er keine gebrauchen. Das hätte ihm gerade noch gefehlt.

Das späte Mittagessen nahmen sie alle gemeinsam im Hotel ein, zusammen mit Kays Mutter, die kurz zuvor ans Set gekommen war, um die Foto-Ausbeute des Vormittags zu begutachten. Angeblich besaß sogar Madonna ein Dirndl von ihr. Wäre die Seniorchefin 15, 20 Jahre jünger gewesen, hätte sich Luigi auch für sie interessiert. Attraktiv war die Frau noch immer. Dennoch viel zu alt, um mit ihr zu vögeln. Er war ja nicht pervers. Außerdem galt sein Interesse ihrer Tochter. Wenn auch nur kurzfristig.

Gut, dass die Mutter beim Abendessen fehlte. Sie hatte sich erst für den nächsten Tag wieder angekündigt. Kay leistete ihnen weiterhin Gesellschaft. Leider war Luigi neben Larissa zu sitzen gekommen, die ihn zu allem Überfluss anbaggerte, was auch Kay nicht entging. Die dumme Nervensäge vermasselte ihm glatt noch sein Schäferstündchen. Luigi erzählte Larissa im Vertrauen, dass er eine Freundin in Paris habe, der er bedingungslos treu war. Sie möge dies bitte für sich behalten und ihn nicht weiter bedrängen. Schließlich sei er auch nur ein Mann. Das zeigte Wirkung bei Larissa. Weiber waren ja so was von berechenbar. Und schon wandte sie sich dem Fotografen zu. Dafür hatte Luigi jetzt Frankie an der Backe, der ihm direkt gegenübersaß und ihn vollquatschte.

Als Kay schließlich zur Toilette ging, nutzte Luigi die Gelegenheit. Er folgte ihr, um sie vor der Tür abzupassen. Weit und breit war niemand zu sehen. Nach der ersten Schrecksekunde lächelte Kay ihn an. Er nahm sie bei der Hand und zog sie um die Ecke in den spärlich beleuchteten Gang. Noch ehe er etwas sagen konnte, stellte sie sich auf die Zehenspitzen und küsste ihn. Luigis bestes Stück freute sich spürbar, ihr endlich näher zu kommen, was auch der kleinen Schlampe nicht entging. Sie rieb ihre Hüfte an ihm. »Wollen wir nicht lieber woanders weitermachen, wo uns keiner stört?«, hauchte er.

Kay nickte. »Zimmer 131«, flüsterte sie zurück. »In einer halbn Stund?«

Luigi nickte überrascht. Er hatte nicht erwartet, dass sie ein Zimmer im Hotel bezogen hatte. Wo sie doch unweit von hier wohnte. Umso besser. »In einer halben Stunde, 131«, wiederholte er. Er ließ Kay einen kleinen Vorsprung.

Als er ins Restaurant zurückkehrte, verabschiedete sie sich gerade von den anderen. Sie habe Kopfschmerzen und wolle früher ins Bett gehen. Das klang überzeugend. Luigi konnte es kaum erwarten, die kleine Lügnerin zu bestrafen.

Aber zuerst trank er in Ruhe seinen Rotwein aus. Eine Viertelstunde später wünschte auch er der Runde eine gute Nacht. Der Jetlag stecke ihm in den Knochen, entschuldigte er sich. Und morgen sei schließlich auch noch ein Arbeitstag. Sollten sie ruhig glauben, dass er ein Langeweiler war.

Kays Tür öffnete sich, kaum dass Luigi angeklopft hatte. Mit roter Spitzenunterwäsche hatte er nicht gerechnet. Die Kleine war wirklich für Überraschungen gut. Luigi stand auf rote Dessous. Nicht nur, weil Italiener glaubten, dass diese, in der Silvesternacht getragen, Glück brachten – vorausgesetzt, sie waren zum ersten Mal angezogen und nicht selbst gekauft, sondern geschenkt worden.

So heiß Kay darin auch aussah, es dauerte nicht lang, bis die feinen Spitzen den Holzboden zierten. Nein, das würde keine schnelle 08/15-Nummer werden, ahnte Luigi. So geil war er schon lange nicht mehr gewesen. Das letzte Mal, als Sarah ihn aus sterbenden Augen angesehen hatte, während er noch in ihr war.

Davon ahnte Kay nichts. Dafür wusste sie auch im Bett ganz genau, was sie tat. Er musste sich ihr nur hingeben. Und das tat er dann auch mit großer Lust und ungewöhnlicher Ausdauer. Den Spieß konnte er später auch noch umdrehen. Oder besser erst morgen.

Kay saß auf ihm, nachdem er förmlich explodiert war, und zeichnete mit dem Finger die Rinnen zwischen seinen Bauchmuskeln nach, während er noch nach Luft rang. »Wennst magst, massier ich dir den Rücken. Du bist ziemlich verspannt«, sagte sie und erhob sich.

Mit einem wonnigen Seufzen rollte sich Luigi auf den Bauch. Das war unglaublich gewesen. Die kleine Schlampe war unglaublich. Woher wusste sie, dass er Massagen liebte? Er konnte sich nicht erinnern, ihr das erzählt zu haben. Sein ursprünglicher Plan musste wohl noch warten. Das hier war einfach zu gut, um es jetzt schon zu beenden.

Kay kehrte mit etwas Öl zurück, das sie mit ihren warmen, weichen Händen langsam auf seinem Rücken verteilte. Irgendwann war Luigi eingeschlafen.

Kurz vor sechs Uhr erwachte Luigi neben Kay. Er sah die Schlafende eine Weile an. Dem Impuls, sie zu küssen, widerstand er ebenso wie jenem, sie noch einmal zu lieben und die Sache zu Ende zu bringen. Stattdessen zog er sich so leise, wie er konnte an und verschwand aus ihrem Zimmer. Er würde ein paar Längen im Hotelpool schwimmen, danach ausgiebig frühstücken.

Kay saß im blauroten Dirndl bei den anderen am Tisch und besprach die Sujets, die an diesem Tag zu fotografieren waren. Viele waren es nicht mehr, da sie gestern einen Vorsprung herausgearbeitet hatten. Larissa war zwar nicht die Hellste, aber als Model funktionierte sie tadellos. Wie aufs Stichwort erschien sie als Letzte beim Frühstückstisch. Der Fotograf und sein Assistent brachen gerade auf, um schon mal vorauszufahren und die Location einzuleuchten. Die anderen sollten dann mit dem Minibus zur Almhütte nachkommen. Kay mit ihrem Auto.

»Einen Platz hab ich zu vergeben. Fährst du mit mir, Luigi?«, fragte Kay beiläufig.

»Gute Idee«, fand Larissa. »Im Bus ist es ohnehin viel zu eng.«

Hätte sie gewusst, dass Kay ein Porsche 911 Cabrio fuhr, wäre bestimmt sie bei ihr mitgefahren, vermutete Luigi. So aber war er es, der auf dem Beifahrersitz Platz nahm und sich anschnallte. »Na, gut geschlafen?«, fragte er und schob seine Sonnenbrille mit einem Finger den Nasenrücken hoch.

Kay nickte, grinste und stieg aufs Gaspedal.

Halleluja. So wie sie die Kurven der Panoramastraße hochjagte, hätte sich Larissa längst übergeben. Luigi gefiel der wilde Ritt im Sportwagen. Wenngleich ihm der in der Nacht noch mehr Spaß gemacht hatte. Der Gedanke daran erregte ihn. Langsam schob er Kays Dirndlrock höher, um an ihren Oberschenkel zu gelangen. »Sag mal, hast du heute Abend schon was vor?«, fragte er. »Mein Flieger geht erst morgen Früh.«

Kay zuckte mit der Schulter, den Blick auf die nächste Kurve gerichtet. »Na, dann …«

»Dann was?«

»Dann hab i wohl Zeit.«

Luigi grinste. Dann war es ja gut. Er streichelte ihren Oberschenkel.

»I hab oba schon aus'm Hotel aus'checkt. I werd di oiso entführn miassn.«

»Gute Idee …« Viel besser, als ihn in seinem Hotelzimmer zu besuchen. Langsam glaubte Luigi wirklich, die kleine Schlampe konnte Gedanken lesen. Zwei seiner Finger rutschten unter ihren Slip.

Zu Mittag setzte das angesagte Gewitter ein. In den Bergen konnte einem dabei angst und bange werden. Larissa zuckte jedes Mal zusammen, wenn es krachte. Auch Frankie verstummte mit zunehmendem Getöse. Wenigstens fiel der Strom in der Hütte nicht aus. Kays Mutter rief an, um ihren Set-Besuch abzusagen. Ihre Tochter war ohnehin vor Ort. Am Nachmittag zog das Gewitter weiter. Gegen 16 Uhr waren alle Fotos im Kasten. Fotograf und Kundin mit dem Ergebnis zufrieden. Und Luigi spitz auf Kay.

»Mir beide bleibn herobn in der Hüttn«, hatte sie ihm beim Mittagessen zugeraunt. Die anderen brachen nun ihre Zelte ab und verabschiedeten sich.

»Fährst du nicht mit uns ins Hotel zurück, Luigi?«, fragte Larissa.

»I bring eam donn scho wieda owi«, antwortete Kay und drückte ihr links und rechts ein Küsschen auf die blassen abgeschminkten Wangen. Ohne Make-up war Larissa trotz ihrer rot gefärbten Haare unscheinbar wie viele Topmodels, solange sie nur die Klappe hielt.

Endlich waren alle bei der Tür draußen. »Mogst a Glasl Rotwein?«, fragte Kay.

»Hast du denn eine Flasche mit hochgenommen?«

»Die Hüttn g'hört mir.«

»Ach so …« Wieder eine Überraschung mehr. Luigi war davon ausgegangen, dass die Almhütte als Location angemietet war. »Sehr gemütlich hier …«

»Wenn ned grad a Horde Fotoleut durchtrampelt. Setz di her do.«

Luigi nahm auf der Bank beim Holztisch Platz, während Kay den Korken aus der Rotweinflasche zog. »Barolo Riserva 2009«, sagte sie und schenkte ein.

Die kleine Schlampe machte es ihm nicht gerade leicht, sein Ding durchziehen. Aber alles schön der Reihe nach.

Erst einmal trank Luigi einen Schluck Barolo. Samtig, weich und vollmundig wie er schmecken sollte. Ein Bouquet nach Veilchen, Waldbeeren, ein wenig Minze und Lakritze. Perfetto …

Kay stand noch immer neben ihm. Ihr Glas hatte sie auf der nahen Anrichte abgestellt. Jetzt zog sie das Höschen unter ihrem Rock aus, ließ es achtlos auf dem Bretterboden liegen. Sie griff nach seiner Hand, führte sie unter den Dirndlrock zu ihrer Scham. Was danach folgte, übertraf alles, was in der vergangenen Nacht zwischen ihnen gelaufen war.

Sollte er sie wirklich töten wie ihre letzten drei Vorgängerinnen? Oder noch eine Weile mit ihr zusammenbleiben? Kay überraschte ihn, verwirrte ihn. Einer wie ihr war Luigi noch nie begegnet. Dennoch musste sie sterben. Weil es für ihn nun mal der Gipfel der Lust war und Schlampen es nicht anders verdienten.

»Trink no an Schluck.« Kay hielt ihm sein Glas hin. Irgendwie schmeckte der Wein schal, nachdem sie sich stundenlang geliebt hatten.

»Drah di um, i massier di.«

Wieder glitten ihre öligen Hände über seinen Rücken, walkten und kneteten seine trainierten Muskeln. Luigi entspannte sich. Verdammter Jetlag, dachte er noch. Er war schon wieder so müde. Er merkte gar nicht, dass er einschlief.

Das Schlafpulver in seinem Rotwein wirkte zuverlässig. Ebenso das Heroin, das ihm Kerstin in die Vene jagte. Luigi war noch nicht tot, als sie ihn auf die Plane rollte und diese in den Schuppen zerrte, um ihm dort feinsäuberlich die Haut vom Rücken abzuziehen. Wie sie es schon bei ihrem letzten Lover getan hatte. Auch Luigis Haut würde sie sorgsam sämisch gerben. Und sie später zu ihrem Meisterstück verarbeiten – einer Lederhose aus wunderbar weichem, dennoch strapazierfähigem Männerleder. Es fehlten noch zwei Exemplare, bis sie genügend Material beisammen hatte. Nur die Wenigsten erfüllten ihre Qualitätskriterien. Dennoch würden sich geeignete Kandidaten finden. Der Rest war Handwerk. Männer waren ja so was von berechenbar.

DAS MONSTER VOM ATTERSEE

KURT PALM

George Romero stand am Ufer des Attersees und fragte sich, weshalb er sich auf diese Schnapsidee, seinen neuen Zombie-Film ausgerechnet in Weißenbach zu drehen, überhaupt eingelassen hatte. Aber seine Freunde, die Argento-Brüder aus Rom, hatten über drei Ecken den Kontakt zu einem jungen österreichischen Investor hergestellt, der unbedingt auch einmal einen Film produzieren wollte. Kaufhausketten, Shoppingmalls und Hotels besaß er bereits zur Genüge, jetzt wollte er mit seinen 35 Jahren einmal sein Geld in etwas wirklich Ausgefallenes investieren. Außerdem war er ein Fan von Gorefilmen, in denen das Blut nur so spritzte und wo Menschen reihenweise abgeschlachtet wurden.

Resurrection of the Dead hieß der Film, den Romero hier drehte, und er sollte definitiv die Reihe der Zombie-Filme abschließen, die 1968 mit *Night of the Living Dead* so erfolgreich begonnen hatte. Aber wie oft hatte er schon gesagt, dass er sich endlich anderen Stoffen widmen wollte? Jetzt war Romero 76 Jahre alt, und er wusste, dass ihm nicht mehr viel Zeit blieb. Wenn er die Verfilmung der Romane seines Lieblingsautors Richard Yates tatsächlich noch in Angriff nehmen wollte, musste er sich beeilen. So gesehen hatte dieses Projekt den Vorteil, dass er damit so viel Geld verdiente, dass einer Verfilmung von *Young Hearts Crying* nichts mehr im Wege stand.

Romero warf einen Stein ins Wasser und beobachtete, wie sich die Wellen in konzentrischen Kreisen langsam ausbreiteten. Der See strahlte etwas Friedliches aus, und Romero fühlte sich gleich ein bisschen besser. Was soll's, dachte er, das Wetter ist schön, das Bier ist gut, und dass die Schauspieler schlecht sind, fällt bei einem Zombie-Film nicht weiter ins Gewicht. Nur eine Sache bereitete ihm Kopfzerbrechen, und das waren die beiden blutjungen russischen Statistinnen, von denen niemand so genau wusste, woher sie eigentlich kamen. Nach Abschluss des Statisten-Castings waren sie plötzlich aufgetaucht und hatten in einer Mischung aus Englisch und Russisch erklärt, dass sie von weit her gekommen seien, und unbedingt in diesem Film mitspielen wollten. Sie erzählten von ihrer Begeisterung für den Film *Dawn of the Dead*, den Romero 1978 gedreht hatte, und dass sie Dario Argento bewunderten. Obwohl ihm seine Casting-Agentin und auch der italienische Co-Produzent abgeraten hatten, die beiden Mädchen zu engagieren, hatte sie Romero genommen. Irgendetwas an ihnen faszinierte ihn, auch wenn er anfangs nicht genau wusste, was es war. In der Zwischenzeit glaubte er, zumindest eine Ahnung davon zu haben, eine Ahnung, die ihm allerdings Angst machte.

Maschenka und Anastasia, so hießen die beiden Mädchen, waren extrem dünn, und ihre Haut war von einer Farbe, die er schwer beschreiben konnte. Aber ihre Ausstrahlung vor der Kamera war unvergleichlich, und immer, wenn er Nahaufnahmen von Zombies brauchte, entschied er sich für Maschenka und Anastasia. Ihnen genügten ein paar Anweisungen, und sie machten instinktiv das Richtige. Die Dreharbeiten waren bisher ohne nennenswerte Zwischenfälle verlaufen, außer an zwei Tagen, wo die beiden Mädchen verschwunden waren und niemand sagen konnte, wo sie waren. Als sie wiederkamen, erklärten sie bloß, sie wären in den Bergen gewesen. Und als wenige Tage später in einer Felsenhöhle die Leiche eines jungen Mannes gefunden wurde, der offenbar einem Ritualmord zum Opfer gefallen war, war Romero der Einzige gewesen, der zwischen diesem Mord und der Abwesenheit der Mädchen einen Zusammenhang hergestellt hatte. Aber auf dem Campingplatz, wo die Statistinnen und Statisten untergebracht waren, hatte niemand Fragen gestellt, und Romero hütete sich, seine Gedanken öffentlich zu äußern. Er wusste nur zu gut, dass selbst der schlimmste Horrorfilm harmlos war gegen den Horror des Lebens.

Romero sah hinaus auf den See, wo sich weit draußen

ein Schwimmer wie in Zeitlupe bewegte. Nach jeder Vorwärtsbewegung tauchte er mit dem Kopf unter, um kurz darauf wieder Luft zu holen. Romero nahm seine riesige Brille mit dem dicken schwarzen Rand ab, und putzte sie umständlich. Er dachte an den bevorstehenden Dreh und hoffte, dass dieser problemlos verlaufen würde. Es war der letzte Nachtdreh, und die noch ausstehenden Innenaufnahmen würden sie in der kommenden Woche in den Studios von Cinecittà in Rom machen. Er freute sich auf das Wiedersehen mit seiner Frau Susan und auf das Zusammentreffen mit Dario und Claudio Argento. Er setzte seine Brille wieder auf und runzelte nachdenklich die Stirn. Irgendetwas stimmte nicht da draußen am See.

*

»Und Sie glauben wirklich, dass das eine gute Idee ist, wenn ich mich mit diesem – wie heißt er noch einmal …?«

»Chimamanda Nkwongu«, antwortete Magister Besendorfer beflissen.

»Wie?«, fragte die Ministerin.

»Chimamanda Nkwongu«, wiederholte der Pressereferent leicht genervt.

»Schreiben Sie mir den Namen auf, ich kann mir das alles nicht mehr merken. Ich soll mich also tatsächlich mit diesem Nigerianer fotografieren lassen?«

»Ja, Frau Ministerin, glauben Sie mir, das wird Ihnen viel Sympathie einbringen. Ich habe mit der Leiterin des Asylantenheims in Pichlwang bereits alles geklärt. Sie wird die beiden Kinder des Nigerianers so herrichten, dass wir ein richtig schönes Foto zusammenbringen. Ich stelle mir so eine Art Familienfoto vor, wo Sie quasi die Mutterrolle übernehmen. Die Frau von diesem Nkwongu ist ja von Boko-Haram-Kämpfern entführt worden. Da werden selbst die Herzen der Kronen-Zeitungs-Leser höher schlagen. Der Chefredakteur hat mir übrigens versprochen, dass das Foto morgen auf die Titelseite kommt. Was wollen Sie mehr?«

»Na ja, aber warum ausgerechnet ein Nigerianer?«

»Dieser Nkwongu ist der perfekte Vorzeige-Asylwerber. Er ist mit seinen beiden Kindern vor den Islamisten geflüchtet und war ein ganzes Jahr lang unterwegs, um im katholischen Österreich Schutz zu suchen. Außerdem hat er in Nigeria als Lehrer gearbeitet. Das ist keine undurchsichtige Figur wie dieser Tschetschene, der kürzlich im Höllengebirge ermordet wurde.«

Die Innenministerin hob abwehrend die Hände. »Dieser Mord darf nicht zur Sprache kommen. Ich habe keine Lust, mich da in die Nesseln zu setzen.«

»Nein, nein«, antwortete Besendorfer. »Das ist ja auch der Grund, weshalb wir diesen Nkwongu als positives Beispiel präsentieren wollen.«

»Aber, was ist mit dem Dubliner Abkommen? Wieso ist dieser Nigerianer nicht nach Italien oder Spanien abgeschoben worden?«

Magister Besendorfer zuckte mit den Schultern. »Aus seinem Akt geht hervor, dass er zum ersten Mal in Österreich um Asyl angesucht hat. Er hat ausgesagt, dass er mit seinen Kindern nur in der Nacht unterwegs war und sie daher von niemandem gesehen werden konnten.« Besendorfer hielt kurz inne. »Sie sind ja schwarz und in der Nacht –«

Die Ministerin schüttelte den Kopf. »Wenn ich so etwas sage, heißt es gleich wieder, die Breitfurtner-Brandstätter ist eine Rassistin.«

Der Pressereferent machte eine entschuldigende Geste. »Aber schrecken Sie sich bitte nicht, der Nigerianer ist nämlich wirklich schwarz. Und zwar pechschwarz. Ich sag's ja nur.«

Die Innenministerin sah beim Fenster ihres Dienstwagens hinaus und war sich noch immer nicht sicher, ob sie die richtige Entscheidung getroffen hatte. *Oed* hieß die Ausfahrt, an der sie gerade vorbeifuhren, und sie fragte sich, weshalb solche Orte im Interesse des österreichischen Fremdenverkehrs nicht einfach umbenannt wurden. Besendorfer reichte ihr den Zettel mit dem unaussprechlichen Namen des Asylwerbers. Warum konnte der nicht einen normalen Namen haben? Wie zum Beispiel Dietlinde Breitfurtner-Brandstätter, das konnte sich jeder Depp merken.

»Der Ablauf sieht also so aus«, riss Besendorfer die Ministerin aus ihren Gedanken, »dass Sie zuerst mit einigen Asylwerbern zusammenkommen, da sind die Asylwerber aber nur Staffage. Das eigentliche Treffen mit Nkwongu und seinen beiden Kindern findet anschließend im Beisein ausgewählter Medienvertreter in der Küche statt.«

»In der Küche? Warum ausgerechnet in der Küche?« Der Ministerin schwante Übles.

»Na ja, Nkwongu möchte unbedingt eine nigerianische Spezialität für Sie kochen. Das bringt noch ein paar zusätzliche Pluspunkte. Vergessen Sie nicht, dass die Leute ganz verrückt sind nach Kochevents.«

»Um Gottes willen, muss ich das Zeug auch essen?« Der Ministerin wurde jetzt schon schlecht, wenn sie daran dachte, dass sie die Leibspeise eines nigerianischen Asylwerbers essen musste. Und das womöglich auch noch vor laufenden Kameras. Sie bevorzugte österreichische Hausmannskost und hielt nicht viel von kulinarischen Experimenten. Na gut, eine Pizza oder einen Döner Kebab aß sie schon ab und zu, aber das war's dann auch schon wieder.

»Was kocht er denn, der –.« Sie sah auf den Zettel. »Chi-ma-manda Nkwongu.«

»Ein traditionelles Eintopfgericht aus Nigeria. Es nennt sich Egusi-Soup, ist aber keine Suppe im herkömmlichen Sinn.«

»Aha.« Die Ministerin warf ihrem Pressereferenten

einen skeptischen Blick zu. »Und wann sind wir mit dem ganzen Tamtam dort fertig? Vergessen Sie nicht, dass ich um 20 Uhr beim Prix in Weyregg sein muss.«

Besendorfer verzog das Gesicht. Dass seine Vorgesetzte in der Villa des Investors Prix zum Abendessen eingeladen war, während er mit dem Zug nach Wien zurückfahren musste, kränkte ihn zutiefst. »Das geht sich alles aus, keine Angst«, murmelte er kurz angebunden.

*

Franz Kerschbaumer stand in der Dickaubucht in seiner Zille und holte mit geübten Handgriffen sein Saiblingsnetz ein. Er hatte es tief gesetzt und brauchte daher lange mit dem Einholen. Bei Vollmond standen die Fische tief, und es hätte daher gar keinen Sinn gehabt, das Netz höher zu hängen. 78 Jahre war Franz Kerschbaumer alt, und während er das Netz Meter für Meter in die Höhe zog, dachte er zurück an die Zeit, als der See noch voll war mit Fischen. Aber seit der Errichtung der Ringkanalisation, und seit der Ausplünderung des Sees durch ein paar gierige Fischer von auswärts ging es unaufhaltsam bergab mit seinem Gewerbe. Die Zeiten, als man Seeforellen mit 20 oder Hechte mit 30 Kilo fing, waren wohl endgültig vorbei. Aber vorbei war auch das Laubenstanzen oder das aufregende Fischen auf den Hecht mit Legeschnüren.

Jetzt musste man froh sein, wenn ein paar Saiblinge ins Netz gingen.

Während Kerschbaumer seine Arbeit verrichtete und dabei gedankenverloren ins Wasser schaute, hielt er plötzlich den Atem an. Vor lauter Schreck ließ er das Seil, an dem das Netz befestigt war, fallen. Er rieb sich die Augen, weil er dachte, eine Halluzination zu haben. Aber es war keine Halluzination. Wenige Meter von seiner Zille entfernt sah er in der Tiefe einen dunklen Schatten vorbeigleiten, der eindeutig von einem Fisch stammen musste. Was aber gleichzeitig ein Ding der Unmöglichkeit war, weil der Fisch fast so groß war wie seine Zille, und die hatte eine Länge von acht Metern. Kerschbaumer starrte mit offenem Mund ins Wasser und merkte, wie er am ganzen Körper zitterte. Er blickte sich um, weil er dachte, dass andere Leute in der Nähe wären, die ihm bestätigen könnten, was er soeben gesehen hatte. Aber er war alleine hier draußen, wo der See 120 Meter tief war. Kerschbaumers Mund war trocken, und er musste sich auf seinen kleinen Holzschemel setzen, weil er sonst umgekippt wäre. Etwas krampfte sich in seinem Magen zusammen. Heilige Maria Muttergottes, was war das? Der größte Fisch, den er im Attersee je gesehen hatte, war ein Hecht mit einer Länge von 1,50 Meter gewesen. Aber dieser Fisch war mindestens fünf Meter lang. Er beugte sich über die Planke, um sich das Gesicht mit Wasser abzukühlen. Dabei sah er sein Spiegelbild, das durch die Wellenbewegungen leicht verzerrt wurde. In diesem Augenblick –

*

»Anikulapo, komm her und hilf mir beim Zwiebelschneiden.« Chimamanda Nkwongu sah auf die alte Uhr, die an der vergilbten Tapetenwand hing. »In zwei Stunden müssen wir fertig sein.«

Der Junge war gerade dabei, sein Hemd zuzuknöpfen, das er von der Leiterin des Asylantenheims bekommen hatte. Seine Schwester Ayesha stand vor der Fensterscheibe, die sie als Spiegel benutzte, und flocht sich Zöpfchen. »Em nau«, sagte der Junge und ging zum Tisch. Er musste sich auf die Zehenspitzen stellen, damit er das Schneidbrett überhaupt erreichen konnte. Wenn sie unter sich waren, unterhielt sich Chimamanda Nkwongu mit seinen Kindern auf Kanuri. Es war die Sprache der gleichnamigen Volksgruppe, der sie angehörten.

Auf dem Tisch lagen die Zutaten für die Egusi-Soup, die Nkwongu mit einem zufriedenen Lächeln betrachtete. Er hatte lange überlegt, durch welches Tier er die Buschratte ersetzen sollte, und war schließlich auf die Bisamratte gestoßen. Während seiner illegalen Angelausflüge an der Ager hatte er diese Tiere oft gesehen, und da er ein geübter Jäger war, war es für ihn ein Leichtes, diese Ratten zu fangen. Und wenn man ihn fragte, welches Fleisch er für die Egusi-Soup verwendete, würde er sagen: Ziegenfleisch, Rindfleisch und Geflügel. Aufgrund der vielen Zutaten wie Reis, Erbsen, Tomaten, Paprika, Mais und Yamswurzeln würde kein Mensch auf die Idee kommen, dass sich in der Egusi-Soup auch das Fleisch von drei Bisamratten befand.

Als er die Melonenkerne in den Topf gab, begann Ayesha plötzlich zu weinen. Sie setzte sich auf den Boden und verbarg ihr Gesicht in den Händen. »Was ist denn los?«, fragte Nkwongu, obwohl er im selben Augenblick die Antwort wusste.

»Wegen Mama«, schluchzte das Mädchen. »Sie hat ja immer die Melonenkerne in die Suppe getan.«

Nkwongu seufzte und hob das Mädchen auf.

»Wo ist die Mama jetzt?«, fragte Ayesha mit tränenerstickter Stimme. »Du hast gesagt, dass sie bald zu uns kommen wird.«

Anikulapo stand am Herd und beobachtete die Szene aufmerksam. Nkwongus Herz schnürte sich zusammen, als er seine beiden Kinder ansah. »Sie ist noch zu Hause, aber ich verspreche euch, dass wir sie bald wiedersehen werden.«

»Wann?«, fragte Ayesha trotzig.

Noch bevor Nkwongu etwas sagen konnte, betrat die Leiterin des Asylantenheims, Franziska Grobelnik, die Küche. »Wie weit sind Sie mit den Vorbereitungen?« Nervös zupfte sie an ihrer frisch gebügelten

Bluse und hoffte inständig, dass die Innenministerin keine Vegetarierin war. Aber das hätte ihr deren Pressereferent sicherlich gesagt.

Chimamanda Nkwongu deutete auf den Topf. »Es alles gut«, sagte er in seinem kaum verständlichen Deutsch.

Franziska Grobelnik fand, dass die Suppe gar nicht so schlecht roch. Sie warf Ayesha einen besorgten Blick zu. »Das Mädchen soll lachen, wenn die Ministerin kommt, nicht weinen.«

»Nicht Problem«, antwortete Nkwongu und strich seiner Tochter über die Zöpfe.

Nachdem Franziska Grobelnik die Küche verlassen hatte, setzte sich Nkwongu an den Tisch und fuhr mit dem Finger die Wörter entlang, die ihm einer der Betreuer aufgeschrieben hatte, nachdem er ihn gebeten hatte, ein nigerianisches Sprichwort zu übersetzen: *Allein essen ist wie allein sterben.* Immer wieder las er die Wörter laut vor und versuchte, sie sich zu merken, aber es fiel ihm schwer. Zur Not würde er den Zettel zur Hand nehmen, wenn die Ministerin mit ihm und seinen Kindern Egusi-Soup aß. Anikulapo und Ayesha standen neben ihm und sahen ihn erwartungsvoll an.

Er hatte seinem Sohn den Namen Anikulapo gegeben, weil er ein großer Bewunderer des nigerianischen Musikers Fela Anikulapo Kuti war. Wenn er daran dachte, wie er zu Hause in Zaghawa gemeinsam mit seiner Frau Boulama diese Musik gehört hatte, wurde er so traurig, dass er fast zu weinen begonnen hätte. Aber Nkwongu wusste, dass er stark sein musste. Er griff nach seinem Amulett, das an einem Lederband um seinen Hals hing, und dachte nach. In dem Beutel, den er wie seinen Augapfel hütete, befanden sich die Pfote einer Rotmeerkatze, getrocknete Bambara-Erdnüsse, ein Stück Schlangenhaut, Yam-Bohnen und zwei Klauen eines Flughundes. Nkwongu legte den Beutel auf den Tisch und holte die Klauen des Flughundes hervor. Er schloss die Augen und murmelte eine Beschwörungsformel. Wenn es ihm gelänge, die magische Kraft des Flughundes auf sich zu übertragen, dann würde er womöglich in der Lage sein, jene bösen Geister zu vertreiben, die ihn und seine Kinder seit der Flucht aus ihrer Heimat so sehr quälten. Alles, was er tun musste, war, die Klauen des Flughundes in der Egusi-Soup mitzukochen, um sich auf diese Weise die Kraft dieses geheimnisumwitterten Tiers einzuverleiben.

Was Nkwongu nicht wusste, war, dass sich auf den Klauen des Flughundes noch getrocknete Fleischreste befanden, in denen Millionen von Ebola-Viren nur darauf warteten, endlich zum Leben erweckt zu werden.

*

Nachdem der Riesenfisch seine Beute geschnappt hatte, tauchte er ab in die Tiefen des Sees. Mit seinen spitzen Zähnen, die in mehreren Reihen in seinem Maul standen, hielt er das zappelnde Objekt so lange fest, bis es tot war und er es auffressen konnte. Er musste schnell sein, weil durch das viele Blut die wenigen anderen Raubfische, die es im See noch gab, angelockt würden.

Der Riesenfisch war in einem Teil des Attersees auf Jagd gegangen, den er bisher gemieden hatte. Ganz selten hatte er den Bereich des Attersees, in dem ewige Dunkelheit herrschte, verlassen. Seine Haut war von Moos und Algen bedeckt, und zahlreiche Narben zeugten von den vielen Kämpfen, die der Monsterfisch gegen andere Fische geführt hatte. Aber stets war er als Sieger hervorgegangen, weshalb er immer noch der unangefochtene Herrscher des Sees war. Wegen des reichlichen Futterangebots war er nie gezwungen gewesen, in die höheren Regionen des Sees aufzusteigen. Aber seit kurzer Zeit musste er sein Jagdrevier notgedrungen auf den ganzen See ausdehnen. Dass größere Veränderungen im Gange waren, merkte er auch am Verhalten der anderen Fische, die sich jetzt in Reviere vorwagten, die bislang ihm vorbehalten waren.

*

»Mir ist das vollkommen egal, was die Bezirkshauptmannschaft sagt. Das Schiff gehört mir, und ich kann damit machen, was ich will. Basta. Außerdem hat mir der Bürgermeister hoch und heilig versprochen, dass ich selbstverständlich auch in der Nacht fahren darf. Um Punkt Mitternacht holen wir die Filmleute in Weißenbach ab, und dann wird gefeiert. Und ich fahre auf dem See so lange herum, wie es mir passt. Sonst noch Fragen?«

Während er mit einer seiner Assistentinnen telefonierte, musste Prix an die beiden Russinnen denken, die ihm am Vortag bei seinem Besuch am Filmset sofort aufgefallen waren. Natürlich hatte er die beiden zur Party eingeladen, und bei dem Gedanken, wie er die beiden durchficken würde, wurde ihm ganz warm ums Herz. Das Koks lag bereit, und wenn sie Lust hätten, würden sie sich auf dem Riesenbildschirm im Schlafzimmer *Mondo Cannibale* oder *Cannibal Holocaust* ansehen, zwei wirklich kranke Filme, in denen das Blut spritzte wie in einem Schlachthof.

Alexander Prix öffnete die Tür und ging hinaus auf die Terrasse seiner Villa, die direkt am See lag. Obwohl er die Villa bereits vor einem Jahr gekauft hatte, war er erst drei oder vier Mal hier gewesen. So genau wusste er das gar nicht. Sein Problem war, dass er so viele Wohnungen und Häuser besaß, dass er in der Zwischenzeit den Überblick verloren hatte. In zwei Tagen würde er nach Ibiza fliegen, um sich dort ein Objekt anzusehen, das ihm von einem seiner Portfoliomanager dringend zum Kauf empfohlen worden war. Er sog die Luft ein und wäre am liebsten schwimmen gegangen. Aber alleine wollte er nicht schwimmen gehen, und die Köchinnen und Köche, die das Essen für die Innenministerin zubereiteten, konnte er schwerlich fragen.

Er wählte die Nummer der Assistentin, mit der er zuvor gesprochen hatte. Sie meldete sich sofort nach dem ersten Läuten, so, wie er es von ihr erwartete. »Sag, meine Liebe, was will die Innenministerin eigentlich von mir. Ich habe es vergessen.«

Prix hörte aufmerksam zu und runzelte die Stirn. »Ach so«, sagte er wenig begeistert. Er strich über das Display seines Smartphones und schüttelte den Kopf, weil er sich nicht erinnern konnte, der Innenministerin jemals einige seiner Container als Flüchtlingsquartiere angeboten zu haben. Na gut, wenn sich damit ein Geschäft machen lässt, warum nicht, dachte Prix. Er ging in sein Büro, legte eine Straße auf und zog das Koks mit einem goldenen Röhrchen in die Nase.

*

Als der Dienstwagen der Innenministerin auf den Parkplatz des Asylantenheims in Pichlwang einbog, bereute sie augenblicklich, dass sie dem Rat ihres Pressereferenten gefolgt war. Auf dem Gehsteig standen ein paar Leute, die neben einem FPÖ-Plakat Flugblätter verteilten. Von den knapp 200 Asylwerbern, die im ehemaligen Gasthof »Teuflmayer« untergebracht waren, beobachteten etwa 50 die Szene. Einige von ihnen standen in Gruppen beisammen und versuchten, den Text des Flugblatts zu lesen. Der Bezirksparteiobmann der FPÖ, Tassilo Reichberger – der von Freunden auch gerne Heim-ins-Reich-Berger genannt wurde – zeigte seinen fetten Bierbauch, auf dem der alte Leitspruch der SS »Unsere Ehre heißt Treue« eintätowiert war. Obwohl viele der Asylwerber einen Deutschkurs besuchten, taten sie sich mit dem Entziffern des Flugblatts schwer. Der Text wies nämlich einige orthografische Besonderheiten auf:

Wir haben zu viele Ausländer im Bezirk!

Auch wenn es viele nicht wahr haben wollen, manche Ausländer machen Probleme und anstatt sie hier ins Gefängnis zu stecken, sollte man sie abschieben!

Einmal wollten ein paar Einheimische in eine neu eröffnete Disco gehen. An der Kassa haben sie noch kassiert und dann dachten sie sich schon, dass es hier so komisch riecht, nur Ausländer. Als sie eine Runde gingen, schrien schon die ersten: »Raus, ihr scheiß österreicher!«

Oder in St. Georgen im attergau, wo die Flüchtlinge überall einbrechen gehen. Die Chinesen grapschen die »Schlecker«-Verkäuferinnen an u.s.w.

Das alleine im Bezirk Vöcklabruck! In Pichlwang nimmt der Teuflmayer die flüchtlinge von afrika auf, weil er vom Staat dafür Geld bekommt. Oder in Lenzing das Waldcafe, wo die Flüchtlinge den ganzen Tag faul auf der Bierbank sitzen und nur durch die Luft schauen. Kriegen alles zugesteckt, Essen, kleidung, unterkunft ...

Aber man darf ja nichts sagen, weil es sind ja sooo arme Ausländer.

Und in Wien, Frau Minister, ist es besonders schlimm. Am Naschmarkt, nur Inder! Man könnte noch mehr erzählen, z. b. von einer 48-jährigen Österreicherin, die einen Neger nur geheiratet hat, damit er hier bleiben kann. Die beiden haben dann ihren Nachbarn das Leben zur Hölle gemacht, nur weil die Nachbarn zwei Pitbulls hatten!

Wir haben einfach zu viele Ausländer im Bezirk.

Natürlich hatten sich die Fernsehleute und Fotografen so postiert, dass sie das Zusammentreffen der Innenministerin mit den Flugblattverteilern optimal ins Bild bekamen. Und die Asylwerber im Hintergrund waren die perfekten Statisten.

»Und was jetzt?«, fragte Dietlinde Breitfurtner-Brandstätter.

Magister Besendorfer überlegte fieberhaft. »Am wichtigsten ist, dass Sie immer lächeln. Nehmen Sie ein Flugblatt zur Hand und sagen Sie, dass Sie es sich gerne durchlesen werden, sich jetzt aber um wichtigere Angelegenheiten kümmern müssen. Betonen Sie, dass es Ihnen um die Menschen geht, und dass Sie nicht hergekommen sind, um ein Flugblatt zu lesen.«

»Ja okay, klingt gar nicht so schlecht.« Mit einem

breit aufgesetzten Lächeln öffnete die Innenministerin die Autotür.

Dass in der Zwischenzeit die Egusi-Soup zu kochen begonnen hatte, konnte die Ministerin natürlich nicht wissen.

Ausschnitt aus dem Roman »Das Monster vom Attersee«, der im Herbst 2017 erscheint.

WALLENSTEIN

MARLENE FARO

»Zwa Euro für a Glasl Wasser!«

So erzählte es der empörte Gmoser gerade, der übers Wochenende in Wien gewesen war, auf Kurzurlaub mit seiner Frau, der Gundi. Wegen dem Musical, von dem sich der Gmoser eh nix gemerkt hatte, nur dass die Japaner hinter ihm die ganze Zeit mit einem Sackerl geraschelt hatten. Anschließend hatte er die Gundi eingeladen, auf Spaghetti all'arrabiata und Prosecco, ganz schick. Außerdem hatte die Gundi ein Glas Wasser haben wollen, wie immer. Das hatte dann zwei Euro gekostet, ganz im Ernst!

»Und bei uns stellen die Bauern ein Häferl neben den Brunnentrog, damit die Leut draus trinken können!« Gmoser schnaubte heftig, diese Geschichte würde er noch oft zum Besten geben. Dann stand er auf und holte sich einen Kaffee aus der Kanne, die auf einem Stapel Druckerpapier gefährlich nah am Abgrund dampfte. »Magst auch einen, Chef?«

Bezirksinspektor Krinzinger schüttelte den Kopf. »Weißt eh, mei Magen.«

Gmoser nickte verständnisvoll, dann sahen sie zum Fenster hinaus, in einträchtigem Schweigen, nur Gmoser schlürfte leise ab und zu. Links hinten das Zwölferhorn, rechts der Schafberg und vor ihnen der Wolfgangsee. Der Raddampfer *Kaiser Franz Joseph* kam gerade angerauscht, vollbepackt mit Touristen, deren hochgereckten Smartphones und Tablets sich in der Sonne spiegelten. An der engsten Stelle vom See, zwischen St. Wolfgang und Reith, kreuzten Segelboote die Wellen, und ganz hinten, im Sonnenglast, konnte man die Häuser von St. Gilgen erahnen, wo Nannerl, die Schwester vom Wolferl, den größten Teil ihres Lebens verbracht hatte. Nannerl, Wolferl, Herzerl, Glaserl, Haserl. Schnitzerl. Wie lieb und harmlos das klang, die Gäste konnten gar nicht genug davon bekommen, von den Speiskarten mit Hirschgeweihen und den karierten Trachtenblusen und den Lederhosen. Für so viel Herzlichkeit ließen sie auch gern ihr gutes Geld da, dann dampften sie wieder ab, Gott sei Dank! Zurück blieben die Einheimischen, auf die lange Winter warteten, und seit Neuestem auch Katastrophen, wie man sie früher nur im Fernsehen gesehen hatte. Muren und Schlammlawinen und Hänge, die ins Rutschen gerieten. Und die kleinen Beben, über die niemand berichtete. Frauen, die fortgingen, weil sie nicht länger der alten Schwiegermutter den Hintern abwischen wollten. Bauernhöfe, die niemand mehr …

»Schön hammas da«, sagte Gmoser und stellte mit einem wohligen Seufzer sein Häferl ab. Manchmal beneidete Krinzinger den Gmoser, obwohl er das nicht einmal unter der Folter (also zum Beispiel unter der Androhung, den bröseligen *Käsesahnekuchen* von der Brunnwirtin essen zu müssen) zugegeben hätte. Der Gmoser war kein Grübler, sondern ein Täter. Zweimal in der Woche Proben für die Blasmusik, einmal in der Woche Training mit den Buben am Sportplatz, und dann war der Gmoser auch noch ein hochtalentierter Schnitzer von Krippenfiguren, sein Jesuskind in der Krippe ging jedes Jahr am Weihnachtsmarkt weg wie die sprichwörtlichen reschen Semmerln. Doch die Gundi, seine Frau, die machte sich sehr wohl Gedanken. Vorige Woche war ihr der Krinzinger begegnet, mit den kleinen Wichteln im Gänsemarsch hinterdrein, die Gundi war nämlich Kindergärtnerin.

»Servus, Gundi«, hatte er gesagt. »Lieb sind's, die Kinder.«

Aber die Gundi hatte sich nur erschöpft die Haare hinters Ohr zurückgestrichen und die Augen gerollt, die Kinder hatten sich währenddessen vor der Auslage vom Pfaffenbichler gedrängt, dem einzigen Kramladen im Ort, wo Plastiktraktoren und Barbiepuppen neben Beileidskarten und Gelsenspray vor sich hinstaubten. »Ja, lieb sind's«, hatte die Gundi geantwortet, mit kaum unterdrücktem Groll in der Stimme. »Aber weißt du, wie viele von denen in der Früh mit derselben pitschnassen Windel kommen, die sie schon am Vortag angehabt haben? Und wie viele von denen überhaupt ein warmes Frühstück im Magen haben? Und nicht nur Chips und Limo? Jedes Mal, wenn ich den Fernseher aufdreh, dann läuft grad eine Kochshow. Aber was glaubst du, wie viele Mütter heutzutag noch kochen können?« Und sie hatte ihn, den Krinzinger, angefunkelt, als ob er Schuld hätte an der ganzen Misere. Dann hatte eines der Kinder zum Heulen angefangen, und er war ganz erschrocken weitergegangen, die Gundi hatte sich wieder ihren Schützlingen zugewandt. Ob sie davon ihrem Mann am Abend erzählte? Oder saßen sie einfach nur vor dem Fernseher und …

Das Telefon klingelte, Krinzinger plumpste aus seinen Grübeleien in die Realität zurück. Er stapfte zum Schreibtisch und hob den Hörer ab: »Bezirksinspektor Krinz…«

»Komm sofort zur Bucht am See. Dort, wo die Schwäne nisten. Den Weg beim Zieglerbauern runter.« Klack, aufgehängt. Die Stimme hatte verschwommen geklungen, wie durch ein Schneuztuch gedämpft. Aber irgendwie war sie ihm auch bekannt vorgekommen, als ob …

Gmoser sah ihn neugierig an: »Is was?«

Krinzinger schüttelte bedächtig den Kopf: »Ich glaub nicht. Irgend so ein Spinner. Ich kümmer mich darum.«

Gmoser sah erleichtert drein, heute Abend hatte er Blasmusikprobe. Krinzinger wurstelte sich in die

Uniformjacke, die bedenklich straff saß, und setzte die Mütze auf, dann nickte er dem Gmoser zu und stapfte zur Tür hinaus. Über die Promenade und an den Villen vorbei, die fast nur mehr Wienern und Deutschen gehörten. Ärzten, Rechtsanwälten und Fußballtrainern, reichen Leuten halt. Beim Supermarkt bog er zum Moor ab. Frauen mit Nordic-Walking-Stöcken kamen ihm entgegen, sie schnatterten wie eine Gänseschar, bestimmt Gäste aus dem nahen Kurhotel. Dann wurde es langsam still, nur das Gezwitscher der Vögel war zu hören und das Rascheln der Birken im Wind. Schön ist's da, dachte Krinzinger, der Gmoser hat schon recht. Ich sollt viel öfter einmal spazieren gehen. Vorbei am Hof vom Zieglerbauern, schräg gegenüber lag das Häusl vom Laimer im Spätnachmittagslicht. Das Gras auf der Wiese hätte gemäht gehört, im Stall stand schon lange keine Kuh mehr. Ein trauriger Fall, der Laimer. Angeblich waren Haus und Grund zum Verkauf ausgeschrieben, der Krinzinger hatte da was tuscheln gehört im Wirtshaus. Endlich kam der schmale Pfad hinunter zum See, Krinzinger schwitzte schon gehörig. Er kämpfte sich durch überhängende Zweige, vorbei an der Tanne, die im Advent immer mit roten Kugeln geschmückt war, wahrscheinlich von der alten Kathi. Und endlich hörte er den See schwappen und sah die hölzerne Schaukel, die vom Tourismusverein für viel Geld aufgestellt worden war. Früher hatte hier ein schlichtes Bankerl gestanden.

Krinzinger näherte sich der Schaukel, so vorsichtig wie früher beim Indianerspielen, er fühlte sein Herz pochen.

Auf der Schaukel lag zusammengesunken ein Mensch, Krinzinger wusste beim ersten Blick, dass er tot war, dazu brauchte man keinen Doktor. Der Patrick Hödlmoser lag da, unverkennbar mit seiner Gelfrisur und dem schicken Janker. Seine Lider waren halb geschlossen, das Gesicht war rötlichviolett verfärbt, Erbrochenes war wie ein Bacherl vom Kinn bis zum Bauch hinunter eingetrocknet. Krinzinger hatte einen Lidschlag lang das Gefühl, als ob sein Herz rumpeln statt schlagen würde. Er machte einen Schritt von dem Leichnam weg und trat gegen einen schmerzhaft harten Gegenstand, eine leere Weinflasche rollte über den Kies.

Der Hödlmoser! Unfassbar! Der goschertste Hund vom ganzen See, von da bis nach Ischl. Und weiter bis nach Wien und nach Ibiza, dort gehörte dem Hödlmoser nämlich eine Ferienvilla. Und jetzt war er tot. Krinzinger wischte sich den Schweiß von der Stirn, er wagte kaum zu atmen. Er zog das Diensthandy aus der Hosentasche, dann steckte er es wieder ein. Am liebsten hätte er sich hingesetzt, aber das war natürlich undenkbar, in so einer Situation war Krisenmanagement gefragt. Krinzinger versuchte, sich an die Dienstvorschriften zu erinnern, aber sein Hirn war so leer wie ein Bierfassl nach dem Frühschoppen. Der Hödlmoser

Patrick, dem er immer aus dem Weg gegangen war (was nicht einfach war in so einem kleinen Ort). Der schon in der Schule immer so komische Heftln gelesen hatte. *Die besten Anlagetipps für das kommende Jahr. So verdoppeln Sie Ihr Vermögen!* Er, der Krinzinger, hatte sich lieber Nackerte angeschaut. Nach der Schule war der Hödlmoser in der Sparkasse am Kirchenplatz im Eilzugstempo vom Lehrling zum Kassierer und dann zum Filialleiter aufgestiegen. Dann war er nach Wien abgedampft und hatte dort eine Karriere hingelegt, dass allen im Dorf der Mund offengeblieben war. Ein *Bänker* war er geworden, der Hödlmoser, was immer das sein mochte, jedenfalls kein kleiner Sparkassenangestellter. Sogar die *Salzburger Nachrichten* hatten ihm ein Porträt gewidmet, in der Sonntagsbeilage, der Hödlmoser hatte auf der Terrasse von seinem Penthouse posiert wie ein Gockel. Aber immer wieder war er ins Dorf zurückgekommen, schon um die neidigen Blicke zu genießen und allen jovial auf die Schulter zu klopfen. »Na, magst net einsteigen bei mir?«, hatte er einmal im Vorübergehen ihn, den Krinzinger, gefragt. »Ich hätt da ein Aktienpaket, das geht ab wie eine Raketen.« Aber er, der Krinzinger, hatte nur ganz erschrocken den Kopf geschüttelt, der Hödlmoser hatte ihn ausgelacht.

Krinzinger holte entschlossen das Handy hervor und räusperte sich. Zum Glück hatte er die Nummer von der neuen jungen Ärztin eingespeichert. »Grüß

Gott, Frau Doktor, ich muss Sie bitten, sofort runter zum See zu kommen, dort wo das Bankerl, ich mein, die neue Schaukel steht. Nach dem Zieglerbauern, Sie wissen schon. Nein, es muss wirklich sofort sein, dann sollen Ihre Patienten halt warten. Ich hab einen Toten da liegen.«

Eine Viertelstunde später war sie da, die Frau Doktor Pawlik, angebraust in ihrem Mini, durch das Dickicht zum See hinunter hatte sie sich offenbar im Laufschritt gekämpft, mitsamt der sperrigen Arzttasche. Sie grüßten sich mit einem Nicken, dann machte sich die Doktor Pawlik am Hödlmoser zu schaffen, ohne viele Fragen und Theater, eine schneidige Person.

»Ist das nicht der …?« Sie sah zu Krinzinger auf, der nickte bloß.

»Also, der Tod ist vor mindestens 15, aber nicht mehr als 24 Stunden eingetreten, das heißt in der vergangenen Nacht. Komisch, dass der nicht früher gefunden worden ist, finden Sie nicht auch? Na ja, ist ja auch ein verstecktes Platzl! Jedenfalls, so wie der daliegt, ist er nicht transportiert worden, aber dazu muss ich erst die Totenflecken sehen. Er ist mit allergrößter Wahrscheinlichkeit erstickt, aber auch dazu kann ich … hoppla! Was haben wir denn da?« Eine zerdrückte weiße Packung war auf den Kies gefallen. Die Pawlik griff danach. »*Pramoxal*, da schau her. Das ist ja gar nicht mehr auf dem Markt.« Sie sah den ratlosen Krinzinger an. »Ein Schmerzmittel mit extrem starken Nebenwirkungen.« Sie schüttelte die Packung, und zwei leere Silberstreifen glitten heraus. »Und *Cillasan*, wird ebenfalls nicht mehr produziert. Ein Schlafmittel, mit dem können Sie einen Ochsen betäuben. Also, die zwei Mittel zusammen, das ergibt auf jeden Fall …«

Krinzinger stupste mit dem Fuß die Weinflasche an, die unter einen Ast gekollert war.

»Ja, das passt«, sagte die schneidige Frau Doktor Pawlik. »Die meisten Leute glauben ja, dass das so eine einfache Sache ist, das Umbringen mit Tabletten. Ein Flascherl Wein, eine Handvoll Schlafmittel, schwupps, schon sieht man das weiße Licht am Ende vom Tunnel. Aber in Wirklichkeit rebelliert fast immer der Magen, wenn man nicht extra was gegen Übelkeit schluckt, und dann dämmert man dahin und alles kommt hoch und dann erstickt man. Kein sehr schöner Tod jedenfalls.«

»Also Selbstmord«, krächzte Krinzinger.

»Es schaut mir nicht so aus, als ob ihm mit Gewalt etwas eingeflößt worden wäre. Aber Genaueres kann ich erst morgen sagen. Ich lass ihn jetzt abtransportieren, die Flasche nehm ich gleich mit.«

Eine knappe Stunde später war der Spuk vorbei, ein weißer Kastenwagen holperte durchs Moor davon. Die Dämmerung schlich über den See heran, Schwäne drehten eine gemächliche letzte Runde. Krinzinger hielt sein Handy in der Hand, holte tief Luft, dann drückte er die Wähltaste, schon nach dreimal Klingeln hatte er den Bezirkskommandanten in der Leitung.

»Grüß Gott, Herr Bezirkskommandant, hier Bezirksinspektor Krinzinger. Ich hab da ein kleines Problem.« Das war natürlich die Untertreibung des Jahres, aber wie hätte er sonst anfangen sollen? Krinzinger schilderte die Ereignisse der vergangenen zwei Stunden, so gut er konnte.

»Also kein Mord?« Dem Bezirkskommandanten war die Erleichterung anzuhören. Verständlich, ein toter Hödlmoser während der Sommersaison machte schon Scherereien genug. Krinzinger schnaufte ins Handy.

»Na ja, vielleicht hat das ja einmal so kommen müssen«, sagte der Bezirkskommandant. »Der soll in ganz große Geschäfte verwickelt gewesen sein, der Hödlmoser, angeblich sogar mit Investoren aus der Ukraine. Vielleicht hat er sich damit übernommen. Sehr bedauerlich jedenfalls.« Er räusperte sich. »Also, Krinzinger, ausgezeichnet, dass Sie mich sofort informiert haben. Ich lege den Fall in Ihre bewährten Hände. Sie kümmern sich um alles und halten mich auf dem Laufenden, ja?«

Es knackte in der Leitung, und Krinzinger stand da, der Himmel war jetzt fast finster. *Ausgezeichnet*? In Ihre *bewährten Hände*? So viel Lob von oberster Stelle hatte er noch nie zu hören bekommen. Warum freute ihn das nicht? Am gegenüberliegenden Ufer flammten die Lichter von St. Wolfgang auf, ein Schiff hielt auf die Anlegestelle zu. Die letzten Touristen fuhren mit der Zahnradbahn vom Schafberg ins Tal, wo Schweinsbratl mit Knödeln, Bier und weiche Betten auf sie warteten, Musik und Eisbecher an der Promenade. Das gute Leben halt, das man sich einmal im Jahr vergönnte. Das für den Hödlmoser jetzt vorbei war. Ob seine Seele noch irgendwo schwebte? Krinzinger sah sich unbehaglich um, im Wald knackte und raschelte es. Er zog die Jacke straff und warf einen letzten Blick auf die hölzerne Schaukel, die kaum mehr zu erkennen war, dann machte er sich auf den Rückweg. Endlich kam er aus dem Wald heraus und auf den Weg, der durchs Moor bis ins Dorf führte. Sterne funkelten, von der Bundesstraße rauschte der Verkehrslärm, der niemals verstummte, über die Birken und den See hinweg. Der Zieglerhof war hell erleuchtet, ein Fernseher flimmerte hinter den Fenstern im ersten Stock. Beim Laimer war es finster und still, bis auf den Schein, der durch die zugezogenen Vorhänge im Erdgeschoss drang, wo die Küche war.

Krinzinger blieb an der Wegkreuzung stehen. Geradeaus ging's in den Ort, zur Kirche und zum Wirten und zum Polizeiposten. Nach Hause halt, wo alles seine Ordnung hatte. Links zum Zieglerbauern. Und rechts … Krinzinger sah zu den Sternen und zum blassen Mond hinauf, aber die wussten auch keine Antwort. Er war nur ein kleiner Dorfpolizist, kein so ein

Feschak wie die Kommissare im Fernsehen. Die nie ein Haar oder einen Zigarettenstummel übersahen und immer die richtigen Fragen stellten. Die richtigen Fragen … Krinzinger holte tief Luft, dann wandte er sich nach rechts, so langsam, als ob ihn wieder der Ischias zwicken würde, er machte einen Schritt und noch einen, endlich stand er vorm Laimerhäusl und drückte auf die Klingel, bevor er sich's noch anders überlegte. Die Tür wurde so jäh aufgerissen, als ob jemand schon lange dahinter gewartet hätte, der Alois stand im Rahmen. »Bist doch noch gekommen?«

Krinzinger nickte bloß, er hätte sich gerne geräuspert, aber seine Kehle war ganz trocken. Der Alois ging voraus in die Küche, die fast schon so aussah wie die alte Rauchkuchl im Heimatmuseum drüben auf der anderen Seite vom Moor. Eine Eckbank mit Tisch, über den eine Plastikdecke gebreitet war, ein Herrgott am Kreuz mit vertrockneten Ähren an der Wand. Ein Herd zum Einheizen mit Holzscheitln und eine Kredenz voller Häferln. Vergilbte Zeitungen auf dem Fensterbrett. Und eine Schnapsflasche auf dem Tisch.

»Trinkst einen mit?« Der Alois wartete gar nicht erst auf Antwort, sondern holte ein zweites Glas aus der Kredenz. Sie setzten sich beide, schwerfällig und müde, Krinzinger hätte sich am liebsten auf der Bank ausgestreckt. Und alles vergessen. Aber stattdessen nickte er nur dem Alois zu, dann kippten sie beide ex ihre Obstler.

»Weißt eh schon, was passiert ist?«, fragte Krinzinger.

»Na was glaubst?«

Ja so war das am Land, Neuigkeiten verbreiteten sich auf geheimnisvollen Pfaden, das Internet war ein lahmer Erpel dagegen.

»Und? Was sagst dazu?«

Der Laimer Alois bedachte ihn, den Krinzinger, mit einem unergründlichen Blick, fast schien Spott darin zu lauern. Kein Muskel zuckte in seinem Gesicht, und trotzdem war es, als ob ein Kampf in dem Mann toben würde, als ob der Laimer ein Für und Wider abwägen würde. In einer Sache, von der der Krinzinger noch nichts wusste. Und am liebsten auch nix hätt wissen wollen.

»Da ist er gesessen«, sagte der Laimer Alois endlich. »Genau da, wo du jetzt sitzt. Vor fast zehn Jahren. Mitsamt seinen bunten Taferln.« Er goss Obstler nach, Krinzinger zierte sich nicht. Auf die Showeinlage »Bedaure, bin im Dienst« hatte er jetzt einfach keinen Bock.

»Da ist er gesessen«, sagte der Alois, »die Mutter hat noch gelebt. Einfach so hereingeschneit ist er, als ob er ein alter Spezi wär, und hat sich hergehockt. Die Eltern waren ganz stolz wegen dem hohen Besuch, na kannst dir's ja vorstellen. Zuerst hat er uns lang und breit ausgefragt, wie's so geht, und hat zugehört und immer nur genickt. Die Mutter hat aufgetischt, was da war, der Hödlmoser hat den ganzen Nusskuchen zusammengefressen, das weiß ich noch. Dann hat er erzählt, wie gut's für ihn lauft draußen in Wien und von dem vielen Geld, das da auf der Straßen herumliegt. Wenn man nur clever genug ist. Clever, so hat er das gesagt. Und dann hat er von Anleihen und Fonds angefangen, die man jetzt bekommt um einen Pappenstiel, die in ein paar Jahren das Zigfache wert sein werden, darauf gibt er uns die Hand. Taferln hat er plötzlich aus der Taschen gezaubert und dem Vater unter die Nasen gehalten, da waren Zickzackkurven drauf, die immer höher gestiegen sind. Das sind ganz seriöse Bankinstitute, hat der Hödlmoser gesagt, und um euer Geld kümmern sich Topmanager, die das studiert haben. Ihr könnt's mir vertrauen, hat der Hödlmoser gesagt, ich würd euch doch keinen Schmarrn andrehen. Dabei haben wir nicht einmal gewusst, was das ist, so ein Hätschfon. Na ja, heute weiß ich's.«

Der Alois verstummte und starrte ins leere Schnapsglas, eine Fliege brummte um den Lampenschirm. »Und dann?«, fragte Krinzinger.

»Dann hat der Vater das Sparbuch aufgelöst und hat das Geld auf ein Konto in Wien überwiesen. Die Mutter und ich waren einverstanden. Dann hat uns so eine Investmentgesellschaft aus Luxemburg geschrieben, dass wir jetzt Anteile besitzen, 12.800 Anteile an einem Fond mit einem englischen Namen. Von Geld war plötzlich keine Rede mehr, nur mehr von Anteilen. 45.000 Euro hat der Vater eingezahlt.«

Krinzinger schnalzte mit der Zunge.

Alois nickte. »Ich weiß, nachher ist man immer g'scheiter. Aber wir waren wie vernagelt. Wir haben geglaubt, wir kommen auch einmal zu Geld, ohne dass wir uns abrackern müssen, verstehst? Aber es kommt ja noch viel besser. Wir haben immer nur so Listen aus Luxemburg bekommen, auf die wir uns keinen Reim haben machen können. Und fragen wollt ma halt auch niemanden, schon gar nicht jemanden von der Sparkassa. Nach zwei Jahren ist der Hödlmoser endlich wieder bei uns aufgetaucht und hat lauter neue Taferln mitgebracht. Er hat gesagt, dass er uns leider mitteilen muss, dass unsere Einlage nur mehr die Hälfte wert ist. Aber dass jetzt die absolute Talsohle von der Krise erreicht ist und dass es jetzt nur mehr aufwärts gehen kann, alle Prognosen sagen das weltweit. Und dass wir furchtbar blöd wären, wenn wir jetzt aussteigen würden. Dass man eben Nerven braucht, wenn man zu den Gewinnern gehören möchte. Und dass wir aufstocken sollen, unbedingt, er gibt uns sein Wort drauf. Wenn ihr jetzt cool bleibt's, dann werdet's ihr mir ewig dankbar sein, später einmal. Das hat er gesagt, der Hödlmoser.« Alois goss sich einen Obstler ein, einen doppelten, und kippte ihn mit einem Schluck. »Und dann hat der Vater die Hypothek aufs Haus aufgenommen.«

Die Fliege brummte über ihren Köpfen, in endlosen Schleifen. Krinzingers Magen fühlte sich ganz hohl an, ein Speckbrot wäre jetzt das Richtige gewesen. Oder vielleicht doch nicht, irgendwie war ihm der Appetit vergangen.

»Dann ist die Mutter gestorben«, sagte der Alois nach einer kleinen Ewigkeit. »Krebs, weißt eh. War wahrscheinlich besser so. Dass sie nichts mehr mitbekommen hat von dem, was dann gekommen ist. Der Hödlmoser hat sich jedenfalls nicht mehr blicken lassen. Ein paar Mal hab ich ihn im Ort angeredet, aber der hat immer ganz beschäftigt getan. Ja, du hörst von mir, versprochen, hat er gesagt, aber jetzt hab ich einen Termin. Pfiati! Dann vorletzte Weihnachten ist plötzlich das Finanzamt vor der Tür gestanden mit einer Steuerprüfung. Weil wir doch Fremdenzimmer gehabt haben, ist eh keiner gekommen, heute wollen alle eine Wellnesslandschaft, aber keinen Misthaufen hinterm Haus. Die haben uns dann pauschaliert, die Nachzahlung war ein Wahnsinn. Bei der Bank haben sie nur gegrinst, wie der Vater wegen einem Kredit gefragt hat. Der Vater hat dann immer öfter wirres Zeug geredet, von den Millionen, die wir bekommen werden, essen wollt er auch nichts mehr, nur mehr Einbrennsuppen, so wie früher in seiner Kindheit. Einmal hat mich die Kathi vom Brunnwirt angerufen, weil der Vater ganz verloren am Friedhof gestanden ist und nicht mehr gewusst hat, wie er nach Hause kommt. Und dann hat mich der alte Doktor angeredet, bevor er noch in Pension gegangen ist, und hat gesagt, dass ich mich mit dem Gedanken vertraut machen soll, dass der Vater dement wird. Ich war so wütend, ich hätt ihn am liebsten angeschrien, den Doktor. Aber er hat recht gehabt, es ist dann auch ganz schnell gegangen. Der Vater schlaft jetzt die meiste Zeit, oder er sitzt vor dem Fernseher. Mit dem Waschen und der ganzen Pflege ist es halt mühsam.«

Krinzinger räusperte sich, endlich. »Aber warum gehst denn nicht aufs Gemeindeamt? Es gibt doch Heimhilfen und Essen auf Rädern! Das würd euch bestimmt …«

»Damit der Fensterstock Franz vom Bürgerservice dann herumerzählen kann, dass ich betteln gekommen bin? Na danke!«

Alois stemmte sich in die Höhe, mühsam wie ein uralter Mann, schob den Vorhang zur Seite und öffnete das Fenster. Die Fliege schwirrte hinaus in die Nacht, Alois schloss das Fenster wieder mit einem Knall und ließ sich fallen. »Magst was essen?«

Krinzinger schüttelte den Kopf. »Ich hab keinen Hunger.« Er schob das leere Schnapsglas von sich. »Und der Hödlmoser, ist der noch einmal gekommen?«

Der Alois lachte, es klang mehr wie ein verschleimtes Husten. »Gestern Abend ist er gekommen, mit einer Flasche Rotwein. Kreuzfidel war er und hat mir auf die Schulter geklopft. Na, wie schaut's aus, hat er gefragt. Ich hätt ihm fast ins Gesicht geschlagen. Das weißt du doch am allerbesten, hab ich gesagt. Genau, hat der Hödlmoser gesagt, und deshalb bin ich auch da. Ich möcht dir nämlich ein Angebot machen. Dir unter die Arme greifen, sozusagen. Ich kauf euren Hof. Na was sagst dazu, Loisl?«

Krinzinger war jetzt wirklich schlecht. »Kann ich noch einen haben?«

Er schob sein Schnapsglas zum Alois hin, der schenkte nach. Sie tranken beide und wischten sich über den Mund. Saugfrast, elendiges, dachte Krinzinger. Plötzlich schoss ihm ein Gedanke durch den Kopf. Wie viele andere aus dem Ort, aus seinem Ort, mochten dem Hödlmoser noch auf den Leim gegangen sein? Und schleppten ein Riesenbündel an Sorgen und Angst mit sich herum, und an Scham. Aber es schämten sich komischerweise immer nur die Falschen. Die kleinen Leute, wenn sie den Kredit nicht mehr bezahlen konnten, weil der Mann den Nebenerwerb verloren hatte und der Hof nicht genug abwarf, da konnte man rackern von früh bis spät und Marmelade einkochen und Socken stricken und verkaufen am Bauernmarkt, es reichte einfach vorn und hinten nicht. Bloß die Großkopferten, die Politiker und die Manager, die schämten sich nie. Hinterließen Schuldenberge wie Hundstrümmerln überall im Land, grinsten vor den Untersuchungsausschüssen frech in die Kamera und setzten sich dann zur Ruhe, mit einer fetten Pension und ein paar Aufsichtsratsposten zum Zeitvertreib noch dazu. Und man konnte nix anderes tun als die Faust in der Tasche ballen, sonst …

»Ordentlich ang'soffn war er schon.« Alois redete jetzt wie zu sich selbst, er starrte auf die fleckige Plastiktischdecke. »Hat sich einfach da hergehockt und sich den Schnaps gegriffen und gleich aus der Flasche trunken, na, der hat vielleicht einen Zug gehabt. Wir bräuchten fürs Erste auch gar nicht ausziehen, der Vater und ich, wir könnten uns ruhig Zeit lassen. Ich hab kaum noch Luft bekommen. Verschwind, hab ich geschrien, raus aus meinem Haus, weil noch gehört's uns. Aber nimma lang, hat der Hödlmoser gesagt. Dann hat er noch einmal angesetzt, der Schnaps ist ihm übers Kinn gelaufen. Endlich ist er zur Tür hinaus, und ich hab ihm nachgeschaut, wie er drüben im Wald verschwunden ist, dort, wo jetzt die Schaukel steht. Wahrscheinlich wollt er seinen Rausch ausschlafen.«

Alois stand auf und ging zum Herd hinüber. Die Nächte wurden schon kalt, dabei war noch Spätsommer. Der Alois riss ein Streichholz an und hielt es an zerknülltes Zeitungspapier, dann stopfte er das brennende Papier in den Ofen, wo Reisig und Holzscheitln warteten.

»Warum hast mich vorhin angerufen?« Krinzinger tat sein Bestes, um endlich wie ein Amtsorgan zu klingen.

»Na weil doch morgen der Kindergarten den Moorwandertag macht, so wie jedes Jahr. Glaubst, ich hätt riskiert, dass einer von den kleinen Stöpseln den Hödlmoser findet?«

Krinzinger nickte langsam. Das war ein Argument.

»Und, hast mich gleich erkannt?«

»Net wirklich!«

»Ich hab ja auch einen alten Socken übers Handy gelegt. Und natürlich die Nummer unterdrückt.«

»Super! Wie bei CSI.«

Sie grinsten sich an, einen Herzschlag lang war das Bubengesicht vom Laimer zu erahnen, unter Falten und Bartstoppeln. Dann sahen sie wieder weg. Endlich brannte das Feuer, Alois verriegelte die Herdtür und schlurfte zum Tisch zurück. Die Geschichte musste zu Ende erzählt werden, die Flasche war fast leer.

»Wie lang ich da gesessen bin, weiß ich nimmer. Irgendwann bin ich aufgestanden und hab aus der Kredenz die Pulver von der Mutter geholt. Die, die sie ganz zum Schluss bekommen hat. Gegen die Schmerzen und damit's schlafen kann. Die hab ich zerdrückt und in die Flasche geschüttet, die der Hödlmoser dagelassen hat. Irgend so ein italienischer Rotwein. Und dann bin ich runter zum See, es war schon stockfinster.«

Der Alois wirkte plötzlich hellwach, und er saß auch nicht mehr so krumm da. Der Krinzinger hatte das schon oft erlebt: Dass die Leute richtig lebendig wurden, wenn sie sich alles von der Seele redeten. Wie im Beichtstuhl. Nur die Pfarrer konnten dann ein Dutzend Vaterunser als Buße auftragen und den Sündern ihren Segen erteilen. Aber er, der Krinzinger? Krinzinger seufzte: »Alsdann weiter.«

»Der Hödlmoser ist auf der Schaukel gelegen, voll rauschig. Der ist nicht einmal erschrocken, wie ich hinter ihm aufgetaucht bin. Du, vielleicht überleg ich's mir ja noch, hab ich zum Hödlmoser gesagt. Ich will eh schon lang weg von da. Super, hat der Hödlmoser gesagt, das heißt, der hat ja nur mehr lallen können. Irgendwas von »tut ma leid« hab ich auch noch verstanden. Ich hab so getan, als ob ich aus der Flasche trinken würd und hab sie dann dem Hödlmoser in die Hand gedrückt. Dann hab ich mich umgedreht und bin gegangen. Ich hab mir gedacht, ich lass unsern Herrgott entscheiden, ob der Hödlmoser den Wein sauft oder nicht.«

»Unseren Herrgott lasst aus dem Spiel, ja? Und was war mit der leeren Tablettenschachtel? Hat die vielleicht auch unser Herrgott hinzaubert?«

»Na, des war scho i.«

Sie senkten beide die Köpfe. Im Film spielte ja immer bombastische Musik, wenn der Held eine einsame Entscheidung traf. Die Welt vor dem Meteor rettete. Das richtige Kabel durchzwickte, wenn die Bombe schon tickte. Aber beim Alois knackte nur der alte Herd in der Küche. Krinzinger fuhr sich durch's Haar, das prompt nach allen Richtungen abstand. Und jetzt? *Böses Gewerbe bringt bösen Lohn.* Krinzinger schüttelte den Kopf. Was einem alles einfallen konnte, nach so vielen Jahren. *Böses Gewerbe bringt bösen Lohn.* In der Deutschstunde war's gewesen, genau, da hatten sie diesen Satz gelesen. Von Goethe? Na, eher nicht. Oder von Grillparzer? Krinzinger seufzte wieder.

Alois sah ihn von der Seite an: »Brauchst dir keine Sorgen machen. Handschellen brauchst keine. Ich komm auch so mit.«

Von oben war ein Poltern zu hören, sie sahen beide zur Decke. »Der Vater, wahrscheinlich muss er auf's Klo. Lasst mich zu ihm gehen? Sonst …«

Krinzinger nickte, Alois verschwand die Treppe hinauf.

Jetzt musste er den Alois also mitnehmen. Während der Hödlmoser tot in einem Kühlfach lag. Und über ihnen quer durch den dunklen Himmel schossen gerade Mails und Nachrichten wie Sternschnuppen hin und her, wurden Milliarden zwischen Shanghai und New York verschoben, wurde mit so vielen Leben gepokert. Er, der Krinzinger, hatte das ja nie verstehen können. Dass einer sein ganzes Leben dem Geld widmete, mehr, mehr, immer mehr. Als ob man goldene Schnitzeln fressen könnte. Den Schweindln züchteten sie jetzt sogar schon eine sechste und siebte Rippe an, für mehr Koteletts. Das hatte er im Fernsehen gesehen und einfach nicht glauben können. Und dann spendeten sie, die Reichen, damit die Armen dereinst an der Himmelstür stehen würden und für sie ein gutes Wort einlegten.

Im ersten Stock war das Rauschen einer Spülung zu hören, dann knarrte und ächzte der Dielenboden. Schritte waren zu hören und ein Schlurfen, als ob jemand einen schweren Sack hinter sich herziehen würde. Die Flößer sollten nicht schwimmen können, das hatte sein Onkel ihm erzählt, ihm, dem Krinzinger, als er noch ein kleiner Bub gewesen war. Die Flößer auf der Traun sollten nicht schwimmen können, das wollten die Grundherren so, damit die Flößer ja nicht ihre kostbare Fracht im Stich ließen. Durchkommen oder untergehen und ersaufen. Das war schon immer so gewesen. Und es würde immer so bleiben. Aber musste es denn immer …

Krinzinger saß da und starrte auf seine Würstelfinger. Er war doch nur ein kleiner Beamter, was konnte einer wie er schon ausrichten? Vielleicht um Nachsicht und Erbarmen für den geständigen Alois Laimer bitten, wenn er später das Protokoll schrieb? Oder noch später beim Prozess vor dem Richter aussagte? Krinzinger stand auf und ging zum Herd, öffnete die Tür und legte ein Holzscheitl nach. Dann griff er nach seiner Mütze und machte die paar Schritte in den kalten Flur hinaus, Lichtschein aus dem ersten Stock sprenkelte die Wände. Endlich kam Alois die Treppe herunter, er hielt ein nasses Tuch in der Hand, das aussah wie ein alter Ausreibfetzn.

»I geh jetzt«, sagte Krinzinger.

Alois starrte ihn an. »Aber … ich hab geglaubt, du wirst mi …«

»Die Doktor Pawlik sagt, dass es Selbstmord ist.

Und wenn morgen bei der Obduktion nix anderes rauskommt, dann lass ma's dabei. Alsdann.«

Krinzinger wandte sich zum Gehen, an der Haustür drehte er sich noch einmal um. »Wieso hast mir das alles erzählt?«

Alois stand in der Finsternis wie ein Scherenschnitt. »Weil du dir's doch eh zusammengereimt hättest, bald sogar, wie ich dich kenn. Und weil ich nicht wollt, dass du anfangst zum Herumstochern in unserem Ort. Und dann hab ich mir gedacht, dass es vielleicht das Beste ist. Wenn der Vater in ein Heim kommt und ordentlich gepflegt wird. Wegen mir …« Der Alois machte eine wegwerfende Handbewegung, Wasser tropfte von dem alten Fetzen.

Jetzt gab es wirklich nichts mehr zu sagen. Krinzinger nickte dem Alois zu, öffnete die Tür und schloss sie wieder hinter sich, es fühlte sich an, als ob er ein Gefängnis verlassen würde. Kühl war die Nacht, und die Sterne funkelten. Sein kluger Neffe, der Emil, kannte sie alle mit Namen. Ein Kreuzköpfl, der Bub. Was wohl aus ihm werden würde? Tierarzt oder Komiker, der Emil war sich noch nicht sicher. Aber so viele Fußangeln und Fallen warteten auf einen Menschen, so viele Kreuzungen und Sackgassen. Die Welt war ins Rutschen gekommen, so erschien es wenigstens ihm, dem Krinzinger. Nur heute hatte er sich gegen das Rutschen gestemmt, auch wenn ihm das noch viele schlaflose Nächte bescheren würde. Ein Moped knatterte vorbei, bestimmt würde der halbe Ort aufwachen und Verwünschungen murmeln. Aber ihm war Mopedgeknatter immer wie das allervertrauteste Geräusch am Land erschienen, vertrauter noch als das Summen der Bienen im Sommer und das Rascheln der Birken im Herbst. Er sah zu den Sternen hoch. Schiller, genau! *Böses Gewerbe bringt bösen Lohn*, das war doch aus *Wallenstein* von Schiller! Einen Augenblick lang schien für Krinzinger die Welt in Ordnung zu sein.

DACHRINNENREPARATUR AUF DER GAMSJAGA-ALM

HERBERT DUTZLER

Aussage Gamsjäger Sabine

Wir haben ja die Gamsjaga-Alm. Die ist schon seit Generationen in der Familie, und jetzt steh halt ich in der Küche. Ich mach's ja nicht ungern, das Kochen. Wissen Sie, ich mach sogar die Gulaschsuppe selber. Bei den anderen Almen, da müssen Sie einmal schauen! Wie viele Zehnliterkübel mit dem Industriebrei die da jeden Tag mit dem Ski-Doo hinaufbringen! Aber bei mir nicht! Und im Winter komme ich leicht zurecht, vor zehn, halb elf ist kaum etwas los, da fahr ich erst herauf, wenn die Kinder schon in der Schule sind. Und um fünf, da sperre ich zu. Da gibt's bei mir nix. Die Sitzenbleiber, die nach dem Skifahren erst anfangen zu saufen, die haben bei mir nichts verloren. Aber, die wissen es eigentlich schon, die kommen gar nicht mehr zu uns.

Und das ist eben vor ein paar Wochen zu einem richtigen Problem geworden, das »uns«. Weil die da oben, am Gipfel, die Sexy-Kogel-Hütte aufgemacht haben. Ja, ich hab den blöden Namen nicht erfunden. Sexy-Kogel-Hütte. Und am Namen allein liegt es nicht. Sie wissen es ja schon, aber normal glaubt einem das keiner, dass bei uns herinnen in Gosau einer auf so eine dämliche Idee kommt. Weißt du, da turnen die Tänzerinnen mit ihren Straps-Kostümen in den Dachbalken herum, und wenn das Wetter schön ist, dann hüpfen sie den Familien, die da ihre Pommes Frites auf der Terrasse fressen, da hüpfen sie denen praktisch halbnackt ins Gesicht und auf den Tisch hinauf. Dass ihr das erlaubt, das versteh ich sowieso nicht. Sind ja alles aus dem Osten hereingeschmuggelte Mädels. Und ihr sitzt faul in eurem Streifenwagen herum und tut nichts, weil ihr da ja mit dem Schilift hinauf fahren müsstet, und dann womöglich sogar noch mit den Skiern hinunter. Und wenn ihr einen Ski-Doo hättet so wie die Wirte, und öfters nachschauen kommen würdet, dann wär das alles nicht passiert!

Weil der Helmut, der ist dann immer öfter einmal am Nachmittag weg gewesen. »Ist eh nicht viel los!«, hat er gesagt. »Ich geh' dann einmal eine Runde Skifahren.« Dabei ist er früher gar nicht so heiß auf's Skifahren gewesen. Er ist viel lieber mit seinen Spezln am Stammtisch gesessen. Ach Gott! Ich sag's ja! Wenn der Wirt selber sein bester Kunde ist, dann geht's bergab mit einem Wirtshaus. Und mit einer Skihütte sowieso. Aber bitte, bis vor ein paar Wochen, da hat er ja brav gearbeitet, er kann alles reparieren, sogar das Klo. Aber dann, die Sexy-

Kogel-Hütte. Und die Tatjana. Aus der Ukraine oder aus Moldawien, was weiß ich, wo die die ganzen Weiber herkriegen. Und denen, das möchte ich ganz klar sagen, denen gebe ich keine Schuld. Die sind ja die armen Teufel! Eine ist ja einmal herunter zu mir gekommen, mit so Stiefletten mit hohen Absätzen, ich hab keine Ahnung, wie die durch den Schnee überhaupt durchgekommen ist. Ob ich sie als Kellnerin brauchen kann, hat sie gefragt. So eine ganz Dünne, Blonde, mit tiefen Ringen unter den Augen. Sie hat mir ja leidgetan, aber sie hat leider nicht Deutsch gekonnt. Und keine Papiere gehabt und natürlich keine Ausbildung sowieso. Weil in Sexy-Alm, hat sie gesagt, gefällt es ihr nicht. Sie hat sogar zu weinen angefangen. Aber ich hab ja nichts für sie tun können, ihr hättet euch da darum kümmern müssen!

Und natürlich ist mir dann schnell klar geworden, warum der Helmut immer wieder einmal ein paar Stunden weg ist. Von wegen Skifahren! In die Sexy-Alm ist er natürlich! Weil ihm da die Tänzerinnen ihren Busen vom Dachbalken herunter ins Gesicht haben hängen lassen! Was, das glauben Sie nicht? Dann schauen Sie sich halt die Fotos im Internet an von der Sexy-Alm. Da brauchen Sie dann nichts mehr zu glauben, dann wissen Sie alles. Und ich bin ja nicht taub, und Gosau ist klein. Natürlich hab ich das alles recht bald erfahren, dass wegen der Tatjana dem Helmut fast die Augen aus dem Kopf fallen.

*

Aussage Nachenko Tatjana (in Übersetzung)

Also, angestellt worden bin ich als Kellnerin. Das mit dem Tanzen war, in meinem Fall zumindest, freiwillig. Der Chef hat mir gesagt, wenn du tanzt, kriegst du fünf Euro mehr in der Stunde. Und er hat mir das Kostüm hingehalten, schwarz und rot. Sehr wenig Stoff. Und wenn du in die Dachbalken kletterst, sieben Euro. Und erstens kann ich sowohl tanzen als auch klettern, und zweitens bin ich nicht schüchtern. Ich hab ihm sogar den Vorschlag gemacht, dass ich für noch einmal fünf Euro ein bisschen mehr ausziehe. Da hat er blöd gegrinst, und gesagt, das kann ich gern bei ihm in seinem Zimmer tun. Er ist schon ein widerlicher Kerl, das muss man sagen. Er hat nämlich auch die anderen Mädchen dazu gezwungen, dass sie tanzen, im Krankenschwesternkostüm und in Ledersachen und so. Nicht alle haben das gewollt, aber er hat ihnen einfach die Pässe abgenommen, und so weiter. Sie kennen das ja. Sie hab ich übrigens nie oben gesehen, zumindest nicht in Uniform. Wird da überhaupt nie kontrolliert, ob alle ihre Papiere haben?

Wir haben viele Stammkunden, die immer wieder schauen kommen. Besonders beliebt ist es, wenn ich auf den Dachbalken herumturne. Da glotzen sie dann zu mir herauf und bringen den Mund gar nicht mehr zu. Und wenn der Chef sie fragt, ob sie noch ein Weißbier wollen, dann nicken sie nur, weil sie ihm gar nicht zuhören. Ja, der Loisl hat dann angefangen, ein bisschen lästig zu werden. Der Alois Gesselbauer, genau der. Ja, der auf dem Foto da, der war es. Dauernd hat er mich gefragt, ob er mich einladen darf. Und ob ich mit ihm Skifahren gehe, oder in die Sauna. Ich kann überhaupt nicht Skifahren, und in die Sauna gehe ich schon gar nicht. Das ist mir zu unanständig, alle nackt. Und noch dazu so schwitzen. Das ist nichts für mich. Und leider hat er dann auch meine Telefonnummer herausgefunden, und dann ist es losgegangen mit den SMS und mit den Nachrichten auf Whatsapp. Sie haben ja mein Handy untersucht, das wissen Sie alles, da ist alles drauf. Sogar Fotos von seinem, von seinem … Ding … hat er mir geschickt. Sie wissen das ja alles. Warum ich nicht zur Polizei gegangen bin? Ukrainerin? Kann nur ein paar Worte Deutsch? Keine gültigen Papiere? Was glauben Sie, warum ich nicht zur Polizei gehe? Hätten Sie mir geglaubt? Na eben.

Na, und dann noch der andere, der Helmut. Der war irgendwie süß. Ich hab natürlich nicht gewusst, dass er verheiratet war. Aber er hat den Loisl immer ein bisschen zurückgehalten, ist mir vorgekommen. Irgendwie hat der mich beschützen wollen vor dem Loisl. Ich glaub, der war ein bisschen verliebt in mich, aber er hat mich in Ruhe gelassen. Nur Komplimente hat er mir schon gemacht. Dass ich so sportlich bin, hat ihm imponiert. Und dass ich in seiner Alm auch arbeiten könnte, hat er mir angeboten. Aber nicht ganz im

Ernst, glaube ich. Sportlich war ich schon immer, deswegen war auch das Turnen in den Dachbalken, das kann nur ich. Die anderen trauen sich da gar nicht hinauf. Bei uns in Novograd, da war ich Bezirksmeisterin im Bodenturnen. Und im Trampolinspringen. Aber bis zu den Olympischen Spielen hab ich's eben doch nicht geschafft, und irgendwann gibst du dann auf.

Öfters ist mir der Loisl dann sogar nachgelaufen, wenn wir Schluss gemacht haben. Meistens habe ich ja oben übernachtet, aber das kannst du nicht die ganze Woche machen, da fällt dir die Decke auf den Kopf. Manchmal also bin ich hinunter gefahren, bevor der Lift zugesperrt hat, weil ich ja nicht Skifahren kann. Da ist mir der Loisl nach, mit den Skiern auf der Schulter, und hat mir gesagt, dass er mich huckepack nach unten bringen kann. Dass das für ihn eine Kleinigkeit ist, hat er geprahlt. Aber ich hab nur den Kopf geschüttelt und mich durch den Schnee zum Lift geplagt. Ganz außer Atem ist er mir nach, verzweifelt hat er mich angefleht. Ob wir vielleicht dann unten zusammen fortgehen. Nein, Loisl, habe ich gesagt, ich bin so müde. Und ihn gebeten, dass er mich in Ruhe lassen soll. Er kann mir ja morgen wieder beim Tanzen zuschauen, hab ich gesagt, das muss ihm genügen. Fast hysterisch ist er dann geworden, der Loisl, hat seine Skier hingeschmissen und zu schreien angefangen. Ob er nicht gut genug ist für eine ukrainische Schlampe, und so. Aber da ist eben der Helmut dahergekommen und hat ihn gleich ziemlich grob in den Schnee gestoßen. Was er sich denn einbildet, und er soll mich gefälligst in Ruhe lassen. Dass ich auch einen Respekt verdiene, hat er gesagt. Darüber habe ich mich schon ziemlich gefreut, bin aber gleich in den Lift gestiegen und hinuntergefahren, mit dem Helmut habe ich gar nicht mehr geredet. Der Liftwart, der Trottel, hat mir noch an den Hintern gegriffen, bevor ich in den Sessel gestiegen bin. Der ist auch so einer, der glaubt, man kann sich alles erlauben mit einer ausländischen Tänzerin.

*

Aussage Gamsjäger Sabine

Natürlich habe ich bald gewusst, dass der Helmut mit dieser Ukrainerin etwas laufen hat. Als Frau merkst du so was, da brauchst du kein Geständnis und keine Beweise. Da schaust du vielleicht ein paar Mal die Hosentaschen durch, sind ja so schlampig, die Männer. Nicht einmal, wenn sie eine Hose in die Wäschetonne schmeißen, räumen sie vorher die Taschen aus. Und da findest du Kassenbelege von der Sexy-Alm, natürlich. Für Sachen, die der Helmut nie im Leben trinkt. Einen Champagner und alle möglichen Mixgetränke! Wo der doch ausschließlich Bier trinkt. Vielleicht einmal ein Weißbier, zwischendurch. Und dann noch: Er bleibt über Nacht auf der Gamsjaga-Hütte, weil er die Dachrinne reparieren muss. Das kannst du doch am Tag auch tun, hab ich ihm gesagt. Und dann das Herumgerede, warum er das ausgerechnet so spät am Abend oder so bald in der Früh tun muss, dass er oben übernachten muss. An dem Abend hab ich mir schon überlegt, ob ich mit den Kindern zu den Eltern geh. Die Gamsjaga-Alm hat nämlich meinen Eltern gehört, und von Rechts wegen gehört sie jetzt mir. Da hätte ich den Helmut glatt hinausschmeißen können aus meinem Geschäft. Aber ich habe mir gesagt, da wartest du noch ein bisschen. Ein ganz kleines bisschen, irgendwo im Hinterkopf, habe ich halt doch noch daran glauben wollen, dass der Helmut nur wegen der Dachrinne oben geblieben ist.

Aber diese Illusion ist natürlich wenig später zerplatzt, wie ich die schwarzen Haare auf dem Kopfpolster gefunden habe. Ich putze nämlich sorgfältig, und von mir bleiben erstens keine Haare zurück, wenn ich ein Zimmer sauber mache, und außerdem – Sie sehen es ja selbst. Wo sollte denn bei mir ein schwarzes Haar herkommen? Und dass der Helmut, ich meine, dass er sich überhaupt nicht schämt, dass er unser Zimmer dafür benutzt, dass er mit dieser Tatjana … Sie sehen es ja selber, wie mich das immer noch aufregt. Wie wütend mich das macht, dass er mich so hintergangen hat. Wer weiß, was er dieser Tatjana für Versprechungen gemacht hat, man weiß ja, was Männer alles daherreden, wenn sie eine Frau herumkriegen möchten. Was glauben Sie denn? Mir ist es ja auch nicht anders ergangen, ich hab Stammgäste, die mir am liebsten unter den Rock kriechen würden! Das Blaue vom Himmel herunter versprechen sie einem, aber halten können sie nicht einmal das, was sie hinter ihrem Hosentürl verstecken. Ist ja wahr. Ihr denkt doch keinen Millimeter weiter als bis zu eurem Hosentürl, wenn euch eine schöne Augen macht. Noch dazu vom Dachbalken herunter, und nur mit einem Schnürl durch den Hintern!

Und von dem Moment an, wo ich das Haar als Beweis in der Tasche hatte, habe ich begonnen, mir ganz konkret zu überlegen, was ich mit dem Helmut mache. Spätestens dann, wenn er wieder einmal oben übernachten muss, weil er, beispielsweise, die Klospülung ganz bald in der Früh reparieren muss.

*

Aussage Nachenko Tatjana (in Übersetzung)

Ja, es stimmt, ich bin mit dem Helmut in seiner Hütte gewesen, über Nacht. Da hab ich immer noch nicht gewusst, dass er verheiratet ist und dass er und seine Frau die Gamsjaga-Hütte betreiben. Natürlich, es hätte mir jemand erzählen können. Sogar sollen. Aber wen kenne ich schon hier? Der Loisl jedenfalls, der hat's mir nicht erzählt. Obwohl gerade er jeden Grund dazu gehabt hätte. Der Helmut hat mich mit dem Ski-Doo abgeholt und mir seine Hütte gezeigt. Er hat nicht viel reden müssen, und als er mir eines der Fremdenzimmer gezeigt hat, da sind wir uns praktisch in die Arme gefallen. Ich weiß nicht, ob ich da jetzt in Einzelheiten darüber reden muss, weil es ja sowieso zu spät ist … Sie wollen Einzelheiten hören? Warum eigentlich? Ja, wir haben miteinander geschlafen. Mehr werden sie nicht aus mir herausbekommen, und es hat ja auch mit dem Verbrechen nichts zu tun. Wir wollten es beide, zu dem Zeitpunkt. Ich glaube, ich hätte es auch getan, wenn ich gewusst hätte, dass er verheiratet ist. In meiner Situation kann man nicht wählerisch sein, und wenn er mich geheiratet hätte … Ja, ich kann auch nichts dafür, dass ich da weinen muss, Sie haben ja leicht reden, aber ich nicht. Für mich ist das alles ganz furchtbar, zuerst … und dann sperren Sie mich auch noch ein und verhören mich! Wo ich doch überhaupt nichts getan habe, das müssen Sie doch ganz leicht herauskriegen, wenn ich nichts getan habe, dann kann es auch keine Beweise gegen mich geben! Und die Sabine, seine Frau, die hat ja alles gesehen! Die könnte Ihnen doch sagen, dass ich gar nichts getan habe! Aber klar, dass die mich anschwärzt, was sollte sie sonst tun.

Dann, danach, hat er gesagt, der Helmut, dass er vorsichtig sein muss. Wegen der Leute. Aber dass er nächste Woche sicher noch einmal einrichten kann, dass ich zu ihm in die Hütte komme. Sie glauben mir nicht, dass ich nichts von seiner Frau gewusst habe? Dann glauben Sie es eben nicht, kann ich auch nichts machen. Wir Frauen sind halt manchmal einfach naiv. Und wenn Sie so gelebt hätten wie ich in der Ukraine, das kann ich Ihnen sagen, dann würden Sie auch sehr gerne daran glauben, dass im Leben alles noch einmal besser werden kann. Ja, natürlich muss ich ständig heulen! Weil entweder sperrt ihr mich ein, oder ihr schickt mich zurück! Das ist eigentlich fast genau das gleiche, Herr Inspektor. Kommen Sie einmal zu uns nach Novograd, dann werden Sie schon sehen, wie wir leben müssen!

*

Aussage Gamsjäger Sabine

Ein paar Tage später, oder eine Woche, wollte er wieder über Nacht oben bleiben. Weil ein paar Freunde noch kommen, hat er gesagt, und er macht ihnen Kasnocken. Und sie wollen Karten spielen. Und, dass ich dann den ganzen Vormittag unten bleiben kann, weil er den Dienst am nächsten Vormittag alleine übernimmt. Ich habe ihn nicht einmal gefragt, welche Freunde das sind, weil ich sowieso gewusst habe, dass er lügt. Kurz und gut, ich bin dann, als die Kinder im Bett waren, mit den Tourenskiern hinauf, weil ich ihn mit der Tatjana in flagranti erwischen wollte. Dann hätte er nämlich nichts bekommen von der Gamsjaga-Alm, nicht einmal einen Klobesen.

Ich hab ja eine gute Kondition, die Küchenarbeit hält fit, und so war ich in einer knappen Stunde oben. Die Stirnlampe habe ich lange vor der Alm abgeschaltet, dass mich niemand sieht. Wäre aber egal gewesen, praktisch jeden Abend rennen da ein paar mit den Stirnlampen am Helm hinauf. Obwohl es verboten ist, wegen der Pistengeräte, die in der Nacht präparieren. Und ich bin noch nicht einmal nahe an der Hütte dran, da höre ich ein seltsames Geräusch, so ein Kratzen, ein Scheuern. Oben, im Schlafzimmer, hat Licht gebrannt. Da habe ich natürlich gewusst, Karten gespielt wird da nicht. Höchstens vielleicht Strip-Poker. Aber woher das Kratzen? Ich habe mich langsam angeschlichen, und da habe ich einen Schatten gesehen. Da war einer, der hat versucht, auf den Balkon hinauf zu klettern. Er ist schon am Balkongeländer gehangen, als ich ihn genauer gesehen habe. Da habe ich mich natürlich gefragt, wer das ist. Aber alles ist dann so wahnsinnig schnell gegangen, der war oben auf dem Balkon, und die beiden drinnen, die müssen ihn gehört oder gesehen haben. Plötzlich geht die Balkontür oben auf, die Tatjana kommt heraus, nur im Slip, mit nacktem Oberkörper, und geht dem an die Gurgel und fängt zu schimpfen an. Rechts und links hat sie dem Kerl ein paar feste Ohrfeigen heruntergehaut und ihn gegen das Geländer gedrückt, und auf Russisch geschimpft, oder, von mir aus, auf Ukrainisch, was weiß denn ich, was die dort sprechen. Und bevor ich überhaupt noch Luft holen kann, kommt der Helmut auch auf den Balkon, und im gleichen Moment plumpst der Loisl herunter. Und ich höre etwas knacksen. Weil der Loisl eben nicht in den Schnee gefallen ist, sondern genau auf die Bindung von den Skiern vom Helmut. Gerührt hat sich der Loisl dann nicht mehr, oben zieht der Helmut das Mädel wieder ins Zimmer und macht die Tür zu, aber die hat überhaupt nicht mehr aufgehört zu kreischen. Schließlich aber doch. Nach zehn Minuten, oder so. Und dann habe ich von oben keine Geräusche mehr gehört, ich war ja auch zu weit weg. Der Loisl hat sich nicht gerührt. Ich bin vorsichtig zu ihm hin, da habe ich gleich den großen Blutfleck gesehen. Und die zwei da oben, das müssen Sie sich vorstellen, die haben einfach weitergemacht! Als ob nichts geschehen wäre!

Aber dann hab ich mir gedacht, du Luder, dich erwische ich schon noch, den Loisl, den hast du schon umgebracht, den Helmut bringst du mir nicht auch noch um! Ich habe mir aufgesperrt, und sicherheitshalber ein Messer aus der Küche mit hinauf genommen. Man weiß ja nie. Mit so einer Mörderin. Und dann bin ich nach oben geschlichen, ganz leise, und da habe ich schon Geräusche gehört. Er hat mit ihr geredet, sie beruhigt. Dem wird schon nichts passiert sein, ist ja der weiche Schnee unten, die paar Watschen, sagt er, hat er sich verdient. Und sie immer, in ihrem ganz schlechten Deutsch, ob Loisl wirklich okay? Ob nicht tot? Vielleicht brauchen Doktor? Und er wieder, aber nein! Und schließlich hat er sie herumgekriegt, der Saubeutel, der schlechte. Da habe ich sie nur mehr stöhnen gehört, und durchs Schlüsselloch geschaut. Nur, um zu sehen, ob der Schlüssel drinnen steckt. Ist aber nicht gesteckt, und gesehen habe ich auch nichts, nur den Helmut grunzen gehört. Da habe ich mir gedacht, gut, wenn du grunzt wie ein Schwein, dann steche ich dich jetzt auch ab. Ich hab die Tür aufgestoßen und sie angeschrien. Sie hat auch geschrien wie am Spieß. Er ist auf ihr gelegen, ich mag es gar nicht genauer beschreiben, was er da gemacht hat. Wie, Sie wollen Einzelheiten hören? Wozu denn? Ob es zum Vollzug gekommen ist? Was soll denn das heißen? Ich habe geschrien, dass ich mich jetzt scheiden lasse, und dass er keinen Groschen kriegt, und die Kinder nie wieder sieht. Und sie hat ein Mordstheater gemacht wegen dem Messer, dabei habe ich das doch nur zur Sicherheit dabei gehabt. Der Helmut ist aufgestanden, auf mich zugekommen, noch mit seinem, mit seinem … Und er schreit mich an, was ich da will, und er will mich festhalten, sehen Sie, so, so will er mich festhalten, und ich denke mir, jetzt ist alles aus, weil er mir das Messer wegnehmen und mich abstechen wird, er ist ja so viel stärker als ich. Und plötzlich liegt er da zu meinen Füßen, und überall ist Blut, und die nackte hysterische Kuh schreit und springt auf und reißt die Balkontür auf und springt hinunter. Herr Inspektor, ich kann da überhaupt nichts dafür, das müssen Sie mir glauben.

*

Aussage Nachenko Tatjana (übersetzt)

Und am Dienstag danach hat mich der Helmut wieder in die Gamsjaga-Hütte mitgenommen. Wir sind diesmal gleich in sein Schlafzimmer, aber wie wir, also, ich hatte mich, ich war also im Bett, und der Helmut wollte gerade zu mir kommen, da hat draußen am Balkon etwas geknarrt, und ich habe auch einen Schatten vorüber huschen sehen. Der Helmut stößt einen Schrei aus und reißt die Balkontür auf. Was er angehabt hat? Die Hose nur, kein Hemd. Und draußen höre ich noch jemanden schreien und ein paar Ohrfeigen klatschen, und dann einen Plumps, und dann war es still. Der Helmut ist wieder hereingekommen und hat die Balkontür verriegelt. So, hat er gesagt, dem hab ich's aber jetzt gezeigt. Ich hab geschrien, was war denn, und wer war da. Leider alles auf Ukrainisch, in der Aufregung, der Helmut hat natürlich nichts verstanden. Loisl, hat er dann gesagt. Loisl, draußen. Ob der Loisl tot ist, ob er ihn totgeschlagen hat, wollte ich wissen. Nicht tot, hat mich der Helmut beruhigt, draußen Schnee, weich. Aber es wird Ruhe sein, jetzt, hat er gemeint, und ist zu mir ins Bett gekommen. Ich habe überhaupt keine Lust mehr gehabt, wegen der Aufregung, und ich hatte immer noch Angst vor dem Loisl. Vielleicht war er schon wieder auf dem Balkon und schaute uns zu? Aber der Helmut war sehr nett, und ich habe mich dann doch beruhigt. Bis es dann plötzlich einen Schlag macht und die Tür aufspringt. Eine Frau ist dort gestanden, mit einem Messer in der Hand. Ich war noch so nervös, ich habe wieder laut geschrien. Ob ich was angehabt habe? Warum wollen Sie das alles immer so genau wissen? Haben Sie ihre Hose an, wenn Sie Liebe machen? Ich weiß schon, dass mich das nichts angeht, aber Sie wollen das alles immer von mir wissen.

Also, dann eben so: Wir waren ohne Kleider. Zusammen, im Bett. Und wir haben Liebe gemacht. Sie wissen, was das ist? Gut. Aber Helmut springt auf, sagt zu ihr etwas auf Deutsch. Ganz ruhig, er hat mit den Händen so nach unten gemacht. Ich habe nur »Messer« verstanden. Aber sie schreit auf, stößt ihm das Messer mitten in die Brust, als er danach greifen will. Da her, mitten in die Brust. Ja, absichtlich, natürlich. Ob es da ein Handgemenge gegeben hat? Was ist Handgemenge? Ach so. Nein. Kein Handgemenge. Er greift nach dem Messer, sie stößt es gerade hinein in seine Brust. Er fällt um, und ich schreie, springe auf, kann gar nichts tun, nur schreien. Sie hält immer noch das Messer in der Hand, schaut mich an. Ich kann mich endlich wieder bewegen, springe zur Balkontür, sie kommt mir mit dem Messer nach. Sie hat etwas geschrien, ich habe nur verstanden »Sau«. So hat sie gesagt. Wie ich das in der Panik verstehen konnte? Weiß ich nicht. Aber »Sau« hat sie gesagt. Ich kann gerade noch die Tür aufreißen, springe hinunter, ohne Kleider, es ist so kalt, und ich lande auf etwas Weichem. Gleich merke ich, dass es Loisl ist, Loisl liegt im Schnee, ich darauf, ich springe auf, es ist so kalt, ich renne. Sie wissen, wie es ist, ohne Kleider, ohne Schuhe, im Schnee zu rennen? Ich glaube, ich muss sterben, ob mit Messer oder ohne. Doch da sehe ich Licht, von der Maschine, die die Piste glatt macht. Ich renne, schreie um Hilfe, und da ist ein Mann, der mir hilft, der wickelt mich in Decken ein und hält mich fest, weil ich so zittern muss. Er hat mich herunter gebracht, zu einem Rettungsauto. Mehr weiß ich über diese Nacht nicht.

HOCHZEITSPARTY IM SEESCHLOSS ORTH

MICHAEL GERWIEN

Samstag, 5. Oktober. 20:00 Uhr. Partytime.

Die frisch gestylte 30-jährige Dr. Sarah Hartmann-Böhler und der glatt gestriegelte 32-jährige Dr. Mark Hartmann-Böhler hatten anlässlich ihrer Hochzeit ihre wichtigsten Freunde und einige gute Bekannte zu einer feinen Feier eingeladen.

Ort des Geschehens: Der exklusive Wappensaal im Seeschloss Orth in Gmunden am Traunsee. Abendgarderobe erbeten.

Alle waren sie gekommen.

Der 63-jährige, stets notgeile Prof. Dr. Jobst Schneidzahn nebst nagelneuer und blutjunger russischer Gattin. Die Hartmann-Böhlers waren ihm seit ihrem gemeinsamen praktischen Jahr in seiner Wiener Privatklinik freundschaftlich verbunden.

Der hypochondrische Hansi Schäfer, der Assistent des Sekretärs des Kultusministers, mit seiner von ihm angeödeten Ehefrau Julia, knallharte Geschäftsführerin ihrer eigenen Werbefirma. Beide alte Schulfreunde des Brautpaares.

Der 70 Millionen schwere und schwer übergewichtige Ludwig mit seiner dauernörgelnden Freundin Rita. Immer gern gesehene Bekannte bei den Hartmann-Böhlers. Hauptsächlich wegen Ludwigs Geld. Aber die zwei konnten auch recht amüsant und gesellig sein. Wenn sie nicht gerade stritten.

Der nach einem kürzlichen Lottogewinn samt Jackpot ebenfalls sehr wohlhabende Herbert und seine wunderschöne Eroberung Hanna. Neue Gesichter. Immer gut. Falls jemand aus dem bisherigen Freundeskreis in Ungnade fiel zum Beispiel.

Der megaerfolgreiche Megasoft-GmbH-Eigner Dr. Ralf Bender mit seiner sexsüchtigen Angetrauten Cornelia. Jeder wusste über ihre grenzenlose Gier nach frischen Männern Bescheid, nur er nicht. Beides Schulfreunde des Brautpaares wie Hansi und Julia.

Dazu noch weitere Arztkollegen, Freunde aus der Wiener Studienzeit sowie der eine oder andere angesagte Vorzeigekünstler aus der Hauptstadt und aus Salzburg. Die durften natürlich auf keinen Fall fehlen, verliehen sie der Veranstaltung doch den kulturellen Anstrich, mit dem sich die macht- und geldgeile Oberschicht allerorten gerne umgab.

Eine von ihnen war Maria Schratstaller, Kunstmalerin und alte Studienfreundin von Sarah. Sie war in einem grellbunten ultrakurzen Kleid und mit einem den Hartmann-Böhlers unbekannten Begleiter aufgetaucht. Einem Schwarzen im schwarzen Anzug. Früher durfte man noch Neger dazu sagen, was heute nicht mehr ging. Sei's drum.

Als die Gäste ihre Begrüßungsdrinks geleert und an den Tischen und Stehtischen ihre Plätze eingenommen hatten, begab sich Mark zur Begrüßungsansprache in die Mitte des Saals.

»Ihr Lieben! Erst einmal will ich euch sagen, wie aufrichtig ich mich freue, dass ihr alle da seid. Es tut wirklich gut, zu spüren, dass man so viele faszinierende und wichtige Menschen seine Freunde nennen darf!«

Begeisterter Applaus für die erste gelungene Lüge des Abends.

»Ist doch so. Und was wahr ist, muss wahr bleiben«, fuhr Mark fort, nachdem wieder Ruhe eingekehrt war. »Wir sind also hier im schönen Seeschloss Orth zusammengekommen, um Sarahs und meine Hochzeit zu feiern. Oh Gott, Hochzeit! Ein alter Sack wie ich. Meine Braut ist doch noch so jung.« Er grinste schelmisch.

»Nix da, du bist auch jung, ihr seid beide jung«, kamen die Zwischenrufe.

»Ihr seid zu gütig.« Mark lächelte geschmeichelt. »Aber weiter im Text. Wie man weiß, ist so eine Hochzeitsfeier immer nur so gut wie die Gäste. Gerade deshalb, meine lieben Freunde, bin ich mir absolut sicher, dass dies ein ganz wunderbares, absolut rauschendes Fest wird.«

Großer Applaus.

»Ich will mich also kurz fassen.«

Frenetischer Applaus.

»Hiermit erkläre ich die Bar, die Tanzfläche und unser wunderbares Buffet vom Sternekoch feierlich für eröffnet. Noch einmal ganz herzlichen Dank für euer Kommen und viel Spaß. Wenn jemand einen Wunsch hat, zögert bitte nicht, mich oder Sarah deswegen anzusprechen.«

Kurzer und unkonzentrierter Schlussapplaus.

Dann sah jeder schnell zu, dass er sich einen Teller schnappte, um darauf riesige Ladungen Kaviar, Flusskrebse, Hummer, rohen Thunfisch, Rinderfilet, Hühnchen, Wachteln, Schinken, Fasan, Rehrücken, Spargel und Salate zu türmen.

Die kleine Natascha aus Kiew, Prof. Dr. Jobst Schneidzahns schmale Kindfrau, demonstrierte dabei eine ausgefeilte Stapeltechnik, die es ihr erlaubte, mehr als dreimal so viel Teile auf den Teller zu laden als jeder andere im Saal. Not schien also tatsächlich erfinderisch zu machen.

*

»Ganz vorzüglich, der Beluga. Ganz vorzüglich, mein Lieber. Formidabel.« Der dicke Professor fand zwischen zwei gierigen Bissen in sein Kaviarbrötchen gerade noch genug Zeit, um Mark vollmundig seiner außerordentlichen Zufriedenheit zu versichern.

»Vielen Dank, Herr Professor. Da hat sich der Dreikäsehoch, äh, Dreisternekoch in der Küche wohl alle Mühe gegeben bei der Zubereitung. Was? Nicht wahr?« Mark lachte aufgekratzt.

»Dreikäsehoch. Köstlich, Hartmann-Böhler. Ganz köstlich, alter Junge.« Schneidzahn lachte ebenfalls.

Vergnügt strich er sich über seinen weißen Vollbart, fischte das nächste Brötchen von seinem Teller, biss die Hälfte davon ab, kaute zweimal, schluckte und spülte ausgiebig mit Dom Pérignon nach.

»Sagen Sie mal, Hartmann-Böhler. Die flotte Kleine in dem kurzen bunten Kleid, die da hinten neben dem Schwarzen im schwarzen Anzug sitzt. Wer ist denn das?«, fragte er dann.

»Eine alte Bekannte von Sarah, Maria Schratstaller. Sie ist Kunstmalerin. Kritze-kratze. Sie wissen schon.« Mark wischte lachend mit seinem Finger als imaginärem Pinsel durch die Luft. »Nicht weiter der Rede wert, wenn Sie mich fragen. Typ große Klappe und nichts dahinter.«

»Na na, Hartmann-Böhler. Wer wird denn so streng sein. Scharf ist sie alle mal. Schauen Sie sich doch nur mal ihren respektablen Vorbau an. Hätte gute Lust, sie näher kennenzulernen.« Schneidzahn leckte sich langsam über die Oberlippe. »Könnte auch nur für eine Nacht sein.«

»Besser nicht, Herr Professor.« Mark winkte ab. »Sonst holt ihr schwarzer Begleiter noch seine nackten Freunde aus dem Urwald.«

Beide lachten schallend.

Dass Mark zu Studentenzeiten selbst einmal etwas mit Maria gehabt hatte, ohne es Sarah jemals zu sagen, verschwieg er seinem ehemaligen Mentor geflissentlich.

»Solange sie uns nicht in den Kochtopf werfen ist ja alles in Ordnung. Nicht wahr, Hartmann-Böhler? Außerdem, was so ein Schwarzer kann, können wir doch schon lange. Wenn nicht sogar länger.«

Schneidzahn setzte nun völlig außer sich vor Lachen seine goldumrandete Brille ab. Er holte ein Taschentuch hervor und wischte sich damit die Tränen aus den Augen.

»Sehr gut, Herr Professor.« Mark lachte ausgelassen mit. »Alles klar. Ich weiß Bescheid«, sagte er, sobald er wieder Luft bekam. »Long Ding Dong Schneidzahn. Allzeit bereit.« Er machte übermütig eine eindeutige Geste in Richtung Schneidzahns Schritt.

»Richtig, Hartmann-Böhler. Goldrichtig, alter Junge.«

»Oh Gott, ich sehe, da kommt Ihre außerordentlich reizende Gattin«, fuhr Mark plötzlich nur noch flüsternd fort. »Dann will ich gleich mal ein paar andere Gäste begrüßen. Wünsche weiterhin besten Appetit, Herr Professor. Auf das leckere Essen natürlich.« Er zwinkerte Schneidzahn verschwörerisch zu.

»Natürlich, Hartmann-Böhler. Nur auf das Essen. Man sieht sich.« Gutgelaunt weiterkichernd drehte sich Schneidzahn zu seiner bildhübschen 18-jährigen Frau aus Russland um, die gerade zum zweiten Mal vom Büffet kam. »Na, hat mein schönes Täubchen auch genug Essen auf dem Teller? Wie gut, dass wir hier nicht in Afrika leben, was? Oder in der Ukraine.«

»Joppst, machst du wiedär diesäm Schärzä, däm ich nicht värstähä?" Natascha lächelte ihren Gatten sehr verführerisch und auch ein wenig dümmlich über ihren Teller voller knallroter Garnelenschwänze hinweg an.

*

»Hey, Mark! Hallo! Halt doch mal an!« Mit erhobenen Armen winkte Maria Schratstaller den Gastgeber zu sich und ihrem Begleiter an den Stehtisch heran. »Hi, Mark. Na, wie geht es dir denn? Erst mal alles Gute von mir. Auf dass du immer gesund und glücklich bleibst mit deiner Sarah.«

»Hallo, Maria. Danke, danke.«

Mark fühlte sich unwohl. Einerseits konnte er sie nicht einfach ignorieren. Das verstieß gegen die Etikette.

Andererseits hatte er nicht die geringste Lust, mit Maria zu reden. Jedes Mal, wenn er in ihrer Nähe war, musste er an damals denken, als er mit ihr im Bett gewesen war. Er hatte sich bis auf die Knochen vor ihr blamiert. Gar nix Long Ding Dong. Wegen zu viel Bumms vom Alkohol. Die ganze Sache war ihm noch heute mehr als peinlich. Allerdings nicht etwa, weil es hinter Sarahs Rücken geschehen war. Sondern, weil er so schmählich versagt hatte. Und jetzt gab es nicht einmal mehr Gelegenheit, diese schändliche Scharte auszuwetzen. Schließlich war er verheiratet.

»Sag mal, ihr habt doch immer Ärger mit euren lauten Nachbarn, hat mir Sarah am Telefon erzählt. Stimmt's? Da hab ich was für euch. Meinen Georgie-Darling.« Maria blickte ihn arglos an. Im Gegensatz zu ihm, schien sie den Vorfall von früher längst vergessen zu haben. Sie zeigte fröhlich auf ihren Begleiter. »George Smith hier ist ein sehr erfolgreicher amerikanischer Anwalt aus Philadelphia. Sag hallo zu Mark, Georgie!«

»Hallo, Mark!« George gab Mark lässig die Hand. »Und Congratulations. Sie haben eine beautiful wife.«

»Hallo, George. Vielen Dank. Ich hoffe, Sie amüsieren sich gut auf unserem kleinen österreichischen Fest. Trommeln haben wir übrigens auch da. Vielleicht zu späterer Stunde eine kleine Einlage?« Mark grinste breit.

»Warum nicht.« George lachte. Er schien kein Problem mit abwertenden Witzen über Schwarze zu haben. Wenn es doch so war, ließ er es sich zumindest nicht anmerken. »Es ist wonderful hier. Nice People, and das Essen ist really excellent. Ganz anders als bei uns in die Dschungel.«

»Dschungel in Philadelphia? Wusste ich gar nicht. Wie schön für sie. Ist ja wie daheim in Afrika.« Mark stimmte in Georges Lachen ein.

»So ist die Leben«, erwiderte der weiterlachend. »Man lernt täglich eine neue lesson.«

»Wenn mal wieder etwas ist, wegen Lärmbelästigung oder auch wegen eurer Arztpraxis«, fuhr Maria fort, ohne die albernen Sprüche der beiden weiter zu beachten. »Mein Georgie-Boy ist für euch da. Er hat zwar keine Zulassung in Deutschland, aber er weiß immer guten Rat, wenn es darum geht, die Dinge zu regeln. Er macht auch meine Verträge und er macht das verdammt gut. Stimmt's, Georgie-Darling?« Ihre Augen leuchteten glücklich.

»Yes, Darling.« Er nickte.

»Das wäre natürlich ganz wunderbar.« Mark hatte nur Augen für George. Maria würdigte er keines Blickes. »Sie betreuen also unsere Maria, wenn es ums Geschäft geht? Verdient sie denn inzwischen auch ein bisschen was?«

»Sehr good es geht, Mark. Letztes Jahr wir haben für über zehn Millionen Dollar Bilder verkauft. Mein Baby is very famous bei uns.« George wischte sich baritonlachend die Hände an seiner weißen Stoffserviette ab.

»Ach wirklich? Das, äh, ist ja äh, ganz bemerkenswert. Da gratuliere ich dir aber sehr, Maria.« Mark schluckte verunsichert. Er sah zum ersten Mal kurz zu ihr hinüber. »Aber dass du mir nicht alles auf einmal ausgibst. Da lädst du uns lieber mal schön zum Essen ein, was?« Er blickte unschlüssig im Saal umher. Als dächte er angestrengt über etwas nach. »Tja, ich muss dann mal weiter. Sarah wartet da drüben mit Hansi Schäfer, dem Assistenten des Kultusministers. Amüsiert euch gut und lasst es euch schmecken. Bis später.«

»Bis später, Mark.« Maria winkte ihm kurz zu. Dann wandte sie sich wieder voll und ganz ihrem Georgie-Boy zu.

*

Hansi Schäfer, der in Wahrheit nur der Assistent des Sekretärs des Kultusministers war, hatte gerade mit seinem charmantesten Lächeln seine guten alten Freunde Cornelia Bender und ihren Mann Ralf begrüßt.

Cornelia und Hansi hatten sich währenddessen unauffällig gleichzeitig ans jeweils eigene linke Ohrläppchen gefasst. Das Geheimzeichen der beiden, mit dem sie sich, ohne dass es jemand bemerkte, überall in der Öffentlichkeit ihrer seit Jahren andauernden heimlichen Liebschaft versichern konnten.

Dass er bei Weitem nicht ihr einziger Seitensprung war, wusste Hansi. Aber es war ihm egal. Hauptsache, sie besorgte es ihm anständig. Im Gegensatz zu seiner Julia. Die war in seinen Augen zwar geschäftlich ein Ass, aber im Bett ließ sie schwer zu wünschen übrig. Keine Handschellen, keine Schaffnermütze, nichts.

Jetzt stand er mit Julia und Gastgeberin Sarah an der Tür zur Terrasse und amüsierte sich königlich über sich selbst.

»Also, wenn ein schwarzhaariger Schwarzer aus Afrika und eine weiße Blondine aus Österreich ein Kind bekommen. Wie sieht das Kind dann wohl aus? Na, was meint ihr?« Er sah seine Begleiterinnen gespannt an.

»Keine Ahnung. Echt null. Ehrlich, Hansi.« Sarah zuckte die Achseln.

Julia stöhnte unter ihrer aufwendigen Hochsteckfrisur innerlich auf. Sie ahnte bereits, was gleich kam. Hansis Witze waren grundsätzlich totaler Mist. Langweilig und kindisch. Wie der ganze Mann. Das würde garantiert auch jetzt nicht anders sein.

»Wie ein Zebra! Hahaha. Wie ein Zebra!« Hansi keuchte vor Lachen. Er hielt sich den Bauch und ging mit hochrotem Eierkopf in die Knie.

*

Im selben Moment erreichte Mark die kleine Gruppe.

»Hier hat man ja die allerbeste Laune«, stellte er sichtlich erfreut fest. »Grüß dich, lieber Hansi. Grüß dich, liebe Julia.«

»Hallihallo, Herr Bräutigam. Na, wie fühlt man sich in Ehehaft genommen? Jetzt geht es immer schneller auf das Ende zu. Du wirst es schon sehen.« Hansi hielt sich erneut den Bauch vor Lachen.

»Die Einschläge kommen tatsächlich immer näher«, erwiderte Mark. »Buh, die bösen Krankheiten. Stimmt's, Hansi? Was macht dein Herz? Immer noch kurz vor dem Infarkt?«

Dass mit seiner Angst vor Krankheiten ein Scherz gemacht werden sollte, behagte Hansi gar nicht. Da hörte für ihn der Spaß auf. Das war nicht mehr witzig.

Als hätte jemand einen Kippschalter umgelegt, verschwand blitzartig alle Fröhlichkeit aus seinem Gesicht.

Das einzig Witzige an ihm war jetzt nur noch sein knapp sitzender Anzug mitsamt den viel zu engen Hochwasserhosen und dem geschmacklosen grünen Einstecktuch, das farblich wohl zu dem rotblau karierten Schlips unter der weißgolden gestreiften Weste korrespondieren sollte. Was es aber unmöglich schaffen konnte, weil so etwas einfach nicht ging. Und zwar gar nicht.

»Nur ein kleiner Scherz von mir, Hansi.« Mark kannte die hypochondrischen Anwandlungen seines Freundes natürlich. Er versuchte, die Wogen zu glätten, noch bevor sie entstanden. »Sagt mal, wisst ihr schon das Neueste?«, wechselte er schnell das Thema.

»Nein. Was? Erzähl schon.« Sarah spitzte neugierig die Ohren.

»Also gut. Haltet euch fest, Leute. Deine alte Freundin Maria Schratstaller, Sarah, also die *Pleitegeiermaria*, wie ich sie früher immer genannt habe, ist auf einmal steinreich.«

»Nein.« Sarahs Mund blieb vor Staunen offen stehen. »Davon hat sie mir am Telefon gar nichts erzählt.«

»Sie hat letztes Jahr für über zehn Millionen Dollar Bilder in Amerika verkauft, sagt ihr Anwalt und Manager George. Das ist der Neger im schwarzen Anzug, den sie mitgebracht hat.«

»Nicht zu fassen. Das freut mich für sie.« Sarah lachte fröhlich.

»Tatsächlich?« Mark sah sie vorwurfsvoll an. Mich würde es vielmehr freuen, wenn ich die dämliche Kuh nie wieder sehen müsste, dachte er. Es sei denn, sie lässt mich meinen Fehler von damals endlich wiedergutmachen. Aber sie lacht ja immer nur blöd, wenn ich sie darauf anspreche.

Maria und er hatten sich in der Zwischenzeit einige Male heimlich getroffen. Er wollte jedes Mal mit ihr ins Bett. Wegen seines Egos. Sie nicht. Wegen Sarah.

»Warum soll es mich denn nicht freuen?« Sarah sah ihn neugierig an.

»Weil es eine Frechheit ist. Unsereins lernt jahrelang einen anständigen Beruf, schuftet wie verrückt und verdient gerade mal so viel, dass es zu einem etwas besseren Leben reicht.«

»Maria war auch immer fleißig«, protestierte Sarah.

»Fleißig nennst du das? Die alberne und frigide Papierkritzlerin geht hin und lässt einen Neger ihren langweiligen Schrott für teures Geld verkaufen! Das nennst du allen Ernstes fleißig? Ich fasse es nicht. Die kann doch nicht im Geringsten malen, die dämliche Kuh. Das ist nichts als albernes Gekrakel, was die fabriziert.«

»Ach Mark. Die Maria.« Sarah winkte ab. »Wer weiß denn, ob das überhaupt stimmt, mit den zehn Millionen Dollar. Vielleicht schwindeln die beiden ja.« Sie lenkte gezielt ein. Aus Angst, dass Mark mit seiner lautstarken Empörung den ganzen Abend ruinierte. Es wäre nicht das erste Mal gewesen, dass er etwas in der Art tat. Jähzorn. Blinde Wut aus dem Nichts. Dagegen war kein Kraut gewachsen.

»Hat sich nicht so angehört«, sagte er.

»Egal. Lass dir davon bloß nicht unsere Hochzeitsparty vermiesen, mein liebes Schatzilein. Schließlich geht es heute nur um uns. Um den erfolgreichen Doktor Mark Hartmann-Böhler und seine Frau. Sonst um keinen auf der Welt! Stimmt's? Also dann. Prost!«

»Jawohl, Prost! Und hoch sollen sie leben!« Auch Hansi und Julia stießen mit Sarah und Mark an.

Warte es nur ab, mein Freund, dachte Hansi währenddessen. Irgendwann fällt mir auch mal über dich ein gemeiner Scherz ein. Dann wirst du noch viel dümmer aus der Wäsche schauen als ich vorhin.

»Ja danke. Prost, ihr Lieben! Wirklich sehr lieb von euch. Aber so viel Geld für das lächerliche Gekritzel der hässlichen Schlampe. Das ist echt ein Hammer.«

»Mark, bitte. Das geht jetzt wirklich zu weit.« Sarah schaute ihn streng an. »Maria ist eine alte Freundin und ein Gast und keine Schlampe.«

»Von mir aus. Aber unanständig ist das alles trotzdem.« Mark schüttelte immer wieder den Kopf.

*

Die schöne Hanna im traumhaften roten Abendkleid, das ihre atemberaubende Modelfigur optimal zur Geltung brachte, und der allwissende neureiche Herbert im sportlichen Zweireiher hatten sich der kleinen Gruppe genähert.

»Hallo, Hanna. Schön, dass ihr da seid«, sagte Sarah, als sie sie bemerkte.

»Hallo, Sarah. Herzlichen Dank für die Einladung, ihr Lieben! Und viel Glück für die gemeinsame Zukunft natürlich!« Hanna strahlte das junge Ärztepaar und die Schäfers aus leuchtenden Augen an. »Mein Gott, das ist ja sowas von lecker, was ihr hier an Speisen aufgeboten habt.«

»Echt super. Absolut einwandfrei, das Ganze. Kein Vergleich zu dem Würschtlstand bei mir ums Eck.« Auch Herbert wollte den neuen Bekannten seiner Freundin positiv begegnen. »Von mir natürlich auch alles Gute. Auf dass der Erfolg und die Liebe Ihnen beiden ewig treu bleiben.«

»Danke sehr, Herr …« Mark sah erwartungsvoll von einem zum anderen. Er wusste, dass Hanna eine Patientin von Sarah war. Ihr rustikal wirkender Begleiter war ihm allerdings unbekannt.

»Ich bin der Herbert.« Herbert schüttelte ihm die Hand. »Und nicht ein Raucher im Saal. Das ist wirklich ganz hervorragend. Das verlängert unser aller Leben glatt um einiges.«

»Ach, meinen Sie?« Hansi blickte Herbert interessiert an. »Also, ich bin von dem nahezu fettfreien Speisenangebot begeistert. Das lässt einen den Abend völlig unbeschwert genießen, finde ich. Was meinen Sie?«

»Absolut meine Meinung. Einfach wunderbar. Fettfrei und gesund. So sollen wir leben.«

Hansi und Herbert. Da hatten sich die Richtigen gesucht und gefunden. Zwei wie Soja und Sprossen, wie Kreis und Lauf, wie Grippe und Welle, wie Arsch und Geige.

Auf der Stelle nur noch in einen enthusiastischen Fachdisput bezüglich körperlicher und geistiger Fitness sowie vernünftiger Lebensweise vertieft, schritten sie Schulter an Schulter zur Bar hinüber, um sportlich und figurbewusst ein paar schöne große Gläser auf ihre Gesundheit zu heben.

Ausschließlich vom Besten. Und mit Alkohol drinnen natürlich. Gegen die Bakterien. Wegen der Durchblutung. Und im Namen der Wissenschaft.

Mark hatte sich währenddessen ebenfalls von den Damen verabschiedet. Er ging zur Eingangstür, um dort verspätete Neuankömmlinge zu begrüßen.

*

»Die Salbe, die du mir letzte Woche verschrieben hast, hilft echt super gegen meinen bösen Ausschlag. Schau doch bloß mal.« Die heute wirklich ausnehmend hübsch aussehende Hanna wandte Sarah ihr Gesicht zu. »Man sieht fast nichts mehr!«

»Da weiß sie wirklich Bescheid, unsere Sarah«, mischte sich Julia ein. »Wenn Sie mich fragen, Hanna, ist Sarah eine der fähigsten Personen in ihrem Fach. Das hat in Marks breitgefächertem Schatten bisher nur noch niemand so richtig mitbekommen. Ich sag nur eins: Männer. Ohne sie kannst du nicht und mit ihnen erst recht nicht.«

Alle drei lachten über den scherzhaft abgeschossenen Giftpfeil. Sie stießen gutgelaunt ihre dünnwandigen Champagnerflöten gegeneinander.

»Ich bin übrigens Julia, eine alte Freundin unserer genialen Dermatologin hier und die Frau von Hansi. Wir können uns auch gerne duzen.«

»Ich bin Hanna«, sagte Hanna, die bereits einen Schwips hatte. »Hallo, Julia. Total nett, dich kennenzulernen. Prost!«

»Mich freut es auch«, erwiderte Julia, der die Neue irgendwie gefiel. Sie könnte zu unserer Clique passen, dachte sie. Ein bisschen billig gekleidet, aber das kriegen wir hin. Sonst ist sie ja wenigstens ganz hübsch. »Ein tolles Kleid übrigens«, sagte sie laut. »Kompliment dafür.«

»Oh, danke schön.« Hanna errötete leicht.

»Lasst uns doch irgendwann mal alle zusammen etwas unternehmen«, meinte Julia an alle beide gewandt.

»Klar, gerne. Ich bin dabei. Das Kleid hab ich übrigens von meiner jüngeren Schwester. Ich bin modisch nicht so auf der Höhe. Aber sie ist, glaube ich, öfter beim Shoppen in der Stadt als zu Hause bei ihrem Mann.«

Hanna kicherte. Sie war jetzt nur noch gut drauf. Es gefiel ihr immer besser hier. Als sie hergefahren waren, hatte sie sich die Party viel spießiger und langweiliger vorgestellt.

»Na, dann gehen wir doch alle zusammen mal so richtig zum Shoppen«, schlug Sarah vor. »Fehlt nur noch Rita. Dann lassen wir die Kreditkarten rutschen, bis sie Falten kriegen.« Sie lachte glucksend. Die beiden anderen stimmten begeistert ein.

»Seht doch nur. Wenn man vom Teufel spricht. Unser Rita-Schätzchen steht gleich da vorne mit dem Ludwig. Ich gehe mal hin und erzähle ihr von unserer Idee. Bis nachher. Trinkt nicht zu viel.«

Julia spülte den Schampus in ihrem Glas auf Ex hinunter, griff sich schnell ein neues volles vom Tablett eines der vorbeischwirrenden Kellner und lief damit los, um fröhlich rufend Rita und ihren steinreichen Begleiter zu begrüßen.

*

»Ist sonst auch alles wieder gut? Du weißt schon, die Liebe und so?«, fragte Sarah etwas leiser, sobald Julia weg war.

»Ich glaube, das kommt alles in Ordnung. Deine lieben Tipps, als ich bei dir in der Praxis war, haben mir sehr geholfen.«

Hanna schaute Sarah dankbar ins geschmackvoll geschminkte Gesicht und gleich darauf mit einem kleinen Lächeln zu Herbert hinüber, der gerade wild gestikulierend zwei Obstler für sich und Hansi beim Barkeeper bestellte. Vitamine.

Dann dachte sie kurz, dass ihre bisherige große Liebe, Sebastian, auf gar keinen Fall hier hinpassen würde, unter all diese vornehmen Leute.

Es gab nun einmal Tatsachen im Leben. Eine davon war, dass ein langhaariger junger Hausmeister auf einer Feier der Reichen und Schönen nichts verloren hatte. Da musste man nicht lange drum herum reden. Das war einfach so.

Absolut richtig, ihm den Laufpass zu geben. Keine Frage. Liebe hin, Liebe her. Herbert und seine Lottomillionen waren die eindeutig bessere Wahl. Auch wenn Herbert lange nicht so fesch war wie Sebastian. Dafür konnte er ihr die Welt zu Füßen legen und war nicht dumm.

Tja, so war das nun mal im Leben. Jeder musste sehen, wo er blieb. Auch ein Mädchen aus einfachen Verhältnissen wie sie.

*

»Liebe Gäste, liebe Freunde!« Mark stand erneut in der Mitte des Saals. Er klopfte mit einem Löffel an sein Glas, um sich Gehör zu verschaffen. »Nachdem ihr alle reichlich auf unserem Buffet gewildert habt, möchte ich euch nun unseren weltberühmten DJ JJ MC Master Big Flash King Emporer II vorstellen.«

Begeisterter Applaus. Erstes betrunkenes Gejohle.

»Er ist extra aus Fürstenfeld angereist und wird uns den Rest der Nacht zum Tanz einheizen. Damenwahl ist angesagt. Also los geht's! Viel Spaß.«

Als daraufhin die ersten Rock- und Popnummern aus den 80ern auf dem Plattenteller landeten, kam Leben in den vornehmen Saal. Mancher der Anwesenden fühlte sich in seine Jugendzeit zurückversetzt. Eine heiße, ausschweifende Fete nahm ihren Lauf.

Nicht einmal die beiden streng dreinblickenden Beamten der Gendarmerie konnten den Feiernden den Spaß verderben, als sie sich im Namen einiger offenbar reichlich überempfindlicher, ein gutes Stück entfernt wohnender Nachbarn, bei ihrem dritten Erscheinen nun aber wirklich endgültige Ruhe ausbat.

*

Dass Professor Schneidzahn keine Rede hielt, aber seiner jungen russischen Gattin um halb zwei Uhr morgens zwölf halbverdaute Kaviarbrötchen samt Beilagen und Schampus schwungvoll in den großzügigen

Ausschnitt vomierte, muss hier nicht besonders hervorgehoben werden.

Genauso wenig wie die Tatsache, dass Hansi und Herbert nach ihren feuchtfröhlichen Fachgesprächen das Buffet mit einem gemeinsamen Sturzflug abräumten, der im Seeschloss Orth so noch nie dagewesen war.

Ihre daran anschließende spektakuläre und erstaunlicherweise auch noch synchrone Bauchlandung in den kurz vor ihnen zu Boden gegangenen Porzellanscherben und Essensresten hätte jeder Jury dieser Welt die Vergabe der Höchstpunktzahl bei der Kürnote abgenötigt.

Dass sich George Smith, Maria Schratstallers schwarzer amerikanischer Manager und Anwalt im schwarzen Anzug, nach schätzungsweise 14 Cuba Libre, die er allesamt mit einem laut gebrüllten »Olé, Senor Fidel Castro!« vorneweg zu sich genommen hatte, auf der Tanzfläche auszog, sei ebenfalls nur am Rande erwähnt. Auch dass er sich anschließend splitternackt, unter den Augen der vor Lachen brüllenden Umstehenden, dort zur Nachtruhe begab.

Maria Schratstaller wurde um halb vier mausetot von Professor Schneidzahns volltrunkener Natascha in der Damentoilette aufgefunden. Erschlagen.

Die beträchtlich betrunkene Braut Sarah Hartmann-Böhler hatte kurz zuvor ihren frischgebackenen Ehemann Mark Hartmann-Böhler dort herauseilen gesehen, verriet es aber niemandem. Auch der Kripo nicht, die wenig später vor Ort war, um die feine Gesellschaft zu verhören. Soweit das überhaupt möglich war.

FRAU MÖLLER RIECHT DEN BRATEN

VON TATJANA KRUSE

Mondsee – mehr als nur ein Halt auf einer »Sound of Music«-Bustour … aber nicht hier und nicht jetzt

Edelweiss, Edelweiss,
every morning you greet me.

Frau Möller kann kein Englisch und summt nur mit, aber sie summt mit all der Intensität, die ihr üppiger Brustkorb hergibt. Intensiv – und falsch.

Es ist kurz nach elf Uhr vormittags, und sie sitzt im *Original Sound of Music Panorama Tour*-Bus. Auf der Rückbank. Nachdem sie von vorn bis hinten mehrere Sitzreihen durchprobiert hat.

Los ging es am Busterminal in Salzburg. Erst hatte sie ja Bedenken. Die Tour gibt es nur auf Englisch. Der nette junge Mann im kleinen Glaskubus am Mirabellplatz, wo man die Tour buchen konnte, hat ihr das erklärt. Das Musical *The Sound of Music* ist ein Welt-Hit, und Menschen aus aller Herren Länder pilgern nach Salzburg zu den Drehorten. Aber so gut wie niemand aus den deutschsprachigen Ländern. An denen ist dieser Welterfolg glatt vorbeigegangen. Ebenso wie an Frau Möller.

Frau Möller hat die Tour dennoch gebucht, auch wenn sie keine Ahnung hat, worum genau es geht. Den Ausschlag gab das Bild vom Mondsee in dem bunten Tour-Flyer.

Und sie bereut nichts. Sie versteht zwar kein Wort, aber alle sind bester Laune, und es wird viel gelacht und sogar gejodelt, und ein verhutzelter Chinese lässt einen Flachmann herumgehen, dessen Inhalt für Frau Möller wie Ingwertee riecht, aber vielleicht ist es ja auch Tigerblut. Sie kennt sich mit asiatischen Gepflogenheiten nicht so aus.

Im Lauf der Fahrt hat Frau Möller schon von Weitem das Nonnbergkloster gesehen und von Nahem den Pavillon in Schloss Hellbrunn, wo sie allerdings nur ein wenig im Schatten der Alleebäume flanierte, während die Gruppe über die dort gedrehte Filmszene informiert wurde, und jetzt sind sie bei strahlendem Sonnenschein gerade an Fuschl vorbeigefahren mit Ziel Mondsee. Die Erzählungen des Tourleiters werden immer wieder durch gemeinsames Singen unterbrochen. Man ahnt, dass sich am Ende des Ausflugs, wenn der gemütliche Bus mit den Bequemsitzen die Truppe wieder am

Mirabellplatz ausspuckt, alle in den Armen liegen werden. Frau Möller seufzt wohlig. So entspannt hatte sie sich das gar nicht vorgestellt. Herrlich!

Der Bus ist zwar voll, aber nicht ausgebucht. Frau Möller hat die hinterste Sitzreihe ganz für sich, mit einem eigenen Platz für ihre geräumige Umhängetasche – eine Tasche, in die – wie ihr Mann immer zu spotten pflegte – ein Kleinstaat wie Monaco oder Liechtenstein problemlos hineingepasst hätte. Aber als Frau ist man froh, wenn man weiß, dass man für alle Situationen gerüstet ist.

Small and white, clean and bright, you look happy to meet me.

Nach längerer Überlandstrecke – und einem kurzen Stopp auf einem Parkplatz, von dem aus man in der Ferne den Wolfgangsee sieht – hält der Bus schließlich auf einem großen Busparkplatz. Alle steigen aus. Frau Möller hinterher.

Der Tourguide, der schon bei der Begrüßung gemerkt hat, dass sie kein Englisch kann, ist bei den Besichtigungen immer sehr besorgt um sie und erklärt ihr jedes Mal in brüchigem Deutsch – er ist Australier –, welche Attraktion auf sie wartet.

Hier nun warten das Örtchen Mondsee und seine 3522 Einwohner auf Frau Möller.

»Wir jetzt gehen zu Kirche«, erklärt ihr der Guide. »Wo gedreht wurde Hochzeit, ja? Sie einfach folgen.«

Frau Möller nickt. So ein netter junger Bursche. Seit sie über 60 ist, schaut sie nur noch mütterlich, aber sie schaut. Auch auf die Waden des Busfahrers in der Krachledernen, der jetzt ausgestiegen ist, weil er hier in Ruhe Brotzeitpause machen kann.

Die Sonne strahlt heiß auf das kleine Grüppchen Unerschrockener, das sich durch ein sauberes Wohngebiet zur Ortsmitte vorarbeitet. Rechter Hand sieht man plötzlich den See, funkelnd und prachtvoll. Aber sie biegen nach links zur Kirche.

Frau Möller immer hinterher. Auf längeren Strecken ist es etwas ungünstig, dass ihre Tasche nur einen Tragegriff besitzt und man sie nicht umhängen kann. Aber es wird schon gehen.

Und dann stehen sie vor der strahlend gelben Basilika Sankt Michael. Wie hineingemalt in die prachtvolle österreichische Landschaft.

»Was für ein wunderhübsches Pflaster«, schwärmt Frau Möller angesichts der zackenförmig hell-dunkelgrauen Bepflasterung. Sie ist eben bodenständig und guckt gern nach unten.

»Oh, wir sind im Glück, jemand heiraten«, ruft ihr der Tourguide zu und zeigt auf ein Brautpaar vorn am Haupteingang der Kirche.

Alle klatschen – was man hier offenbar so macht – und schießen Fotos, außer Frau Möller, die hat keinen Fotoapparat dabei. Und ihr Handy stammt noch aus der Zeit, als man dachte, Handys seien zum Telefonieren da und gut.

Aus der Kirche treten weitere festlich gekleidete

Menschen, die meisten in Tracht, und gruppieren sich um das Brautpaar, das entzückender gar nicht sein könnte. Nein, korrigiert sich Frau Möller, das ist ja kein Brautpaar mehr, das sind eine beseelt lächelnde Ehefrau und ein stolz strahlender Ehemann. Hach, junges Glück, seufzt Frau Möller in sich hinein. Zu Beginn ihrer Ehe hatte sie auch so heiter gestrahlt, aber das gab sich dann schnell. Dass sie es überhaupt so lange mit ihrem Klotz von Gatten ausgehalten hat, liegt nur an ihrem Sohn, dem Licht ihres Lebens, ihrem ein und alles. Ein braver Bub, der sich nur manchmal ein wenig verrennt, aber aus dem wird nochmal was, da ist sich Frau Möller ganz sicher. Rechtsanwalt oder Arzt. Jemand, der in der Welt was zu sagen hat. Nicht wie ihr Mann, der all die Jahre nur fett auf der Couch lag, fernsah und Bier trank und nichts als abfällige Worte und hin und wieder eine Ohrfeige für sie übrig hatte. Für sie, die sie mit Putzarbeiten die Familie über Wasser hielt. Na, das war jetzt auch vorbei.

»Ist das eine Mary-Poppins-Gedächtnistasche, was Sie da mit sich herumschleppen?«, erkundigt sich plötzlich eine Männerstimme neben ihr und reißt Frau Möller damit aus ihren Erinnerungen.

»Wie bitte?«

Er trägt einen Trachtenjanker zu seinen Jeans, aber Frau Möller hört deutlich, dass er nicht von hier sein kann. Vermutlich auch ein Tourist, wenn auch keiner aus ihrer Gruppe.

»Dieses Riesendings da in Ihrer Hand.« Er zeigt auf die übergroße Tasche, die schwer in ihrer Rechten liegt. »Das kenne ich doch aus dem Fernsehen. Mary Poppins hat immer so eine Tasche mit sich herumgetragen. Da ist eine Stehlampe drin und ein Regenschirm und ein Teetisch mit Geschirr und …«

»Nein.« Frau Möller schüttelt den Kopf. »Das ist meine Tasche. Die gab es neulich bei einer Schnäppchenaktion bei DM.«

Frau Möllers Humorverständnis hält sich in Grenzen. Und Mary Poppins kennt sie nicht.

»Soll ich Ihnen tragen helfen?«, bietet der Mann an.

Frau Möller mustert ihn. Bestimmt 20 Jahre jünger als sie, gar nicht mal schlecht aussehend. Was will der von ihr? Ausrauben sicher nicht – man sieht ihr an, dass sie über wenig Geld verfügt, und ihm, dass es bei ihm anders ist. Allein die goldene Uhr an seinem Handgelenk hat vermutlich mehr gekostet, als sie in ihrem ganzen Leben als Putzfrau zusammengenommen verdient hat.

Hm. Braucht er eine Notfallniere?

»Nein danke.« Frau Möller schüttelt den Kopf.

Der Mann zuckt mit den Schultern. »Ich wollte Ihnen doch nur etwas Gutes tun.«

Frau Möller lächelt. Ja klar. Wenn sie in ihren über 60 Jahren auf diesem Planeten etwas gelernt hat, dann, dass es sowas wie Selbstlosigkeit nicht gibt.

Alle um sie herum jubeln dem jungen Ehepaar zu, auch die Leute, die weiter weg auf den bewirtschafteten Kaffeehausstühlen vor dem Café Braun sitzen. Ob die beiden stadtbekannt sind? Oder ist man in Mondsee einfach grundsätzlich nett zu Neuvermählten?

Es ist aber auch wirklich wie eine Szene aus einem Film: am azurblauen Himmel schieben sich kleine Schäfchenwolken immer gerade so an der Sonne vorbei, dass sie keinen Schatten werfen. In der Luft liegen Liebe und Blütenduft. Die Kirchenglocken läuten.

Frau Möller seufzt. Liebe – auch so eine Hollywoodlüge. Im richtigen Leben musste man doch schon dankbar sein, wenn man jemanden traf, den man wenigstens ertragen konnte. Hätte sie das nur gewusst, bevor sie ihren Alfons kennengelernt hatte. Na, das war jetzt Schnee von gestern.

»Wir jetzt machen eine Stunde zur freien Verfügung«, sagt der Tourguide zu Frau Möller. »Sie zurechtkommen, ja?«

Frau Möller nickt. Es ist ihr sogar sehr recht, etwas Zeit nur für sich zu haben. Sie will an den See, der auf dem Weg hierher in der Sonne gefunkelt und sie förmlich zu sich gewunken hat.

»Okay, people, let's meet at the bus in exactly one hour«, ruft der Tourguide in ihrem Rücken der Gruppe zu, aber da ist Frau Möller schon losgelaufen. Es scheint nicht weit, nur ein paar Schritte durch den Ort – in dem der Bär tobt, Touristen en masse –, und dann eine Allee entlang, und schon ist man da.

Allerdings wird die Tasche doch langsam schwer. Frau Möller bleibt stehen und schnauft schwer.

»Soll ich Ihnen nicht doch tragen helfen? Das mache ich wirklich gern.«

Der Mann im Trachtenjanker materialisiert sich plötzlich neben ihr.

»Verfolgen Sie mich?« Frau Möller schaut streng.

»Aber nein, wir haben nur zufällig denselben Weg.« Er zeigt auf den See.

Frau Möller sagt nichts. Schweigen können die allermeisten Menschen nicht ertragen, dieser hier auch nicht. »Wissen Sie, die meisten Leute kommen nur wegen der Kirche her, dabei ist hier sehr viel mehr geboten«, fängt er an, »6000 Jahre Geschichte, Wanderwege durch die herrliche Landschaft, fantastische Golfplätze, der See als Wassersportmekka …«

»Haben Sie das auswendig gelernt?« Frau Möller kennt doch ihre Pappenheimer.

Er grinst. »Ja. Habe ich im Internet gelesen. Aber Sie müssen zugeben, dass es wirklich schön hier ist.«

Frau Möller nickt. Ja, das lässt sich nicht leugnen.

Eine kleine Völkerwanderung schiebt sich ihnen entgegen. Wo kommen nur all die Leute her? Das sind dann wohl andere Bustourgruppen, denkt Frau Möller, die sind schon wieder auf dem Rückweg. Sie fädelt sich durch die Menschen in Richtung See, der Trachtenjankermann kommt ihr dabei abhanden. Gut so.

Am See angekommen schaut sich Frau Möller um. Vorn auf dem Wasser tuckert ein Schiff mit dem Namen *Mondseeland.* Rechter Hand ist ein Kiosk, wo eine wilde Gruppe Kinder herumtobt, linker Hand eine Anlegestelle für die Schifffahrt, dazwischen Menschen – und noch mehr Menschen.

Frau Möller zögert. Sie hätte sich natürlich denken können, dass es voll sein würde, aber so voll?

Seufzend schaut sie auf ihre Tasche. Sie hat sich das mit dem See so nett gedacht. Schon als sie in dem Flyer zur Bustour das Foto vom Mondsee sah.

»Vielleicht ein Eis?«

Frau Möller zuckt zusammen. Neben ihr steht auf einmal wieder der Trachtenjankermann. Sie will ihn zurechtweisen – sie hat einen ordentlichen Schreck bekommen, das grenzt ja schon an Stalking –, aber da läuft fröhlich winkend die grauhaarige Amerikanerin an ihr vorbei, die im Bus den Platz direkt vor Frau Möller hat. Mit einem *sehr* jungen Mann am Arm. Höchstwahrscheinlich ihr Enkel, aber heutzutage weiß man ja nie. Vielleicht ist es auch ihr vierter Ehemann.

Frau Möller lächelt und winkt zurück. Sie muss keine Angst haben, denkt sie, hier ist es viel zu umtriebig, als dass ihr etwas passieren könnte. Sie dreht sich zu »ihrem« jungen Mann um. »Hören Sie, es war nett, mit Ihnen zu plaudern, aber ich möchte für mich allein sein. Mir gehen viele Gedanken durch den Kopf. Das verstehen Sie doch.«

»Natürlich.« Er nickt. Zögert. »Aber nicht vielleicht doch ein Eis? Ich möchte Sie zu gern einladen. Ich weiß, wo es hier das beste Eis gibt.«

»Haben Sie das auch aus dem Internet?«, fragt Frau Möller.

Er guckt schuldbewusst.

Die Sonne meint es gut mit dem Mondsee. Die Luft flirrt. Frau Möller ist es heiß unter ihrem Sommertrenchcoat, den sie nicht ausziehen kann, weil man sonst die Flecke sieht. Ein kaltes Eis würde ihr womöglich gut tun. Und ihr eifersüchtiger Alfons wird ja nie erfahren, dass sie sich hier von einem fremden Mann zum Eis einladen lässt.

Sie seufzt. »Wenn ich ja sage, lassen Sie mich dann meiner Wege gehen?«

»Selbstverständlich!«

Sie nickt ihm zu. »Also schön.«

»Großartig«, ruft er, strahlt und zeigt seine makellosen Beißerchen. Er greift wieder nach Frau Möllers Tasche, weil sie sichtlich schwer daran zu tragen hat und ihr schon Schweißperlen über die Stirn kullern, aber da kennt er Frau Möller schlecht.

»Nein danke! Es geht schon!«

Sie rangeln ein wenig. Als die ersten Passanten misstrauisch schauen, lässt er den Taschengriff los und richtet sich auf. »Ich will doch nur helfen.«

»Danke, sehr freundlich, aber das ist wirklich nicht nötig.«

Frau Möller riecht den Braten. Der will ihre Tasche. Was vermutet er nur darin? Die Millionen aus einem Bankraub? Ererbte Juwelen? Sie lacht in sich hinein. Oder was ganz anderes? Wenn der wüsste …

Gemütlich machen sie sich auf den Rückweg in den Ort. Auch ihr Begleiter in seiner Trachtenjacke kommt ins Schwitzen. Schweigend gehen sie nebeneinander her.

Die Eisdiele liegt rechter Hand. Die Tische sind jedoch alle belegt. Der Tourguide schlendert an Frau Möller vorbei, zeigt auf seine Uhr und ruft etwas auf Englisch. Offenbar mahnt er sie zur Eile.

»Ein Eis zum Mitnehmen?«, schlägt der Trachtenjankermann Frau Möller vor. Sie nickt. Gleich darauf hält sie einen Becher mit drei Kugeln in der Hand, gemischtes Sortiment.

»Hier bitte, ich hoffe, es schmeckt. Tut mir leid, wenn ich etwas zu aufdringlich war.« Das Lächeln, das er ihr schenkt, stimmt sie beinahe schon wieder versöhnlich. Aber nur beinahe.

Frau Möller bedankt sich artig bei ihm und folgt dem Tourguide, der schon einen beträchtlichen Vorsprung gewonnen hat, zum Busparkplatz. Der Trachtenjankermann bleibt zurück. Sie spürt seinen Blick im Rücken.

Natürlich kann sie unterwegs das Eis nicht essen, denn sie ist keine hinduistische Göttin mit acht Armen, sie hat nur zwei. Und auch nur zwei Hände. In einer trägt sie die wuchtige Tasche, in der anderen den Eisbecher. Da bleibt folglich keine Möglichkeit, sich mit dem kleinen Plastiklöffel dem Eisgenuss hinzugeben. Schon nach wenigen Schritten in der brütenden Hitze zeigt sich jedoch, dass sie ihr Eis nicht mehr löffeln muss, sondern jetzt auch trinken kann.

In der flirrenden Luft scheint sich der Weg endlos auszudehnen. Den Tourguide hat sie schon lange aus den Augen verloren, hinter ihr kommt keiner mehr. Ob sie sich verlaufen hat? Auf der kurzen Strecke eigentlich kaum vorstellbar. Zuzutrauen wäre es ihr natürlich schon, Frau Möller hat keinen Orientierungssinn. »Du dumme Person«, hätte ihr Alfons bestimmt gesagt. Aber der konnte ja nichts mehr sagen.

In Höhe der Meinrad-Guggenbichler-Straße, Ecke Peter-Tafner-Straße hält urplötzlich ein dunkelblauer BMW mit deutschem Kennzeichen neben Frau Möller, und zwei Männer springen heraus.

»Anneliese Möller!« Es ist der Trachtenjankermann. Der neben ihm sieht aus wie der junge Elmar Wepper. Die beiden halten offiziell aussehende Ausweise hoch. »Polizei. Übergeben Sie uns den Inhalt Ihrer Tasche!«

»Äh …«, stottert Frau Möller und lässt den Eisbecher fallen, was ihr im selben Augenblick höchst unangenehm ist, weil sie ihr Leben der Sauberkeit gewidmet hat, nicht der Umweltverschmutzung.

Elmar Wepper reißt ihr die Tasche aus der anderen

Hand und öffnet sie. Der Trachtenjankermann und er stieren hinein. Aus den Tiefen der Tasche starrt ihnen Alfons Möller entgegen.

Nein, *nicht* weil er klein gehackt und in Plastiktüten verpackt in ihrer Tasche ruht. Dachten Sie das etwa? Unsinn, er liegt zu Hause in seinem Bett. Halbseitig gelähmt. Nach dem Schlaganfall kann er sich nicht mehr bewegen und auch nicht mehr reden. Frau Möller findet das nicht weiter schlimm. Es lässt sich besser mit ihm aushalten, wenn er nichts sagt und keine Ohrfeigen austeilen kann. So glücklich wie jetzt ist sie in ihrer ganzen Ehe noch nicht gewesen.

Nein, in der Tasche befindet sich ein gerahmtes Bild mit seinem Konterfei. Er war ja mal ein schmucker Kerl gewesen. Frau Möller ruft sich das hin und wieder gern in Erinnerung. Außer dem Bild befinden sich in ihrer Tasche noch eine Thermoskanne mit Hühnersuppe, eine Taschenlampe, Reiselektüre, ein Kulturbeutel, ihre Geldbörse natürlich, ihr Schlüsselbund, Kopfschmerztabletten, Strickzeug … was eben alles so in eine Damenhandtasche gehört, um für alle Eventualitäten gerüstet zu sein.

»Mist!«, ruft Elmar Wepper.

»Dann trägt sie es am Leib.« Der Trachtenjankermann zeigt auf Frau Möllers Trenchcoat.

»Wagen Sie es nicht, mich anzufassen!«, empört sie sich.

»Ausziehen!«, befiehlt er.

Frau Möller weiß, dass Gegenwehr sinnlos ist. Sie öffnet die Knöpfe und schält sich aus dem Mantel. Darunter trägt sie ein türkisgrünes langärmeliges Kleid. Bei der Hitze ein Fehler. Man sieht hässliche Schwitzflecke. Frau Möller ist das peinlich.

»*Mist!*«, ruft Elmar Wepper.

»Wo ist der Stoff?«, bellt der Trachtenjankermann.

»Wie bitte?« Frau Möller schaut konfus. Das kann sie gut.

»Sie wissen ganz genau, wovon ich rede! Ihr Sohn dealt, aber wir haben bei der Razzia in seiner Wohnung nichts gefunden. *Sie* haben das Zeug vor Ihrer Abreise an sich genommen, um es hier verschwinden zu lassen!« Der Trachtenjankermann starrt sie finster an.

Frau Möller sieht seine goldene Uhr in der Sonne funkeln. Wetten, der ist korrupt? So eine Uhr kann sich ein ehrlicher Beamter doch gar nicht leisten. Die beiden wollen sich den Stoff unter den Nagel reißen, um ihn dann meistbietend zu verkaufen.

»Das ist eine bodenlose Unverschämtheit«, sagt sie und ruft gleich noch etwas lauter: »Polizeischikane, das ist pure Polizeischikane.«

Frau Möller hat nämlich gesehen, dass ihr Tourguide zurückgekommen ist, um säumige Schäfchen einzusammeln. Und aus der Ortsmitte nähern sich die alte Amerikanerin und deren … äh … Enkel.

Elmar Wepper wischt sich den Schweiß von der Stirn. »Sie hat das Zeug nicht, lass uns gehen.«

Der Trachtenjankermann droht: »Das ist noch nicht vorbei, Frau Möller. Bis Sie zurück in Ihrem Hotel sind, haben wir längst einen Durchsuchungsbeschluss und gehen mit den Kollegen der Salzburger Polizei Ihr Gepäck durch.«

Die beiden springen in den BMW und brausen davon.

Der Tourguide kommt auf Frau Möller zugelaufen. »What happened? Was sein los?«

»Alles in Ordnung, es geht mir gut«, sagt Frau Möller und schlüpft wieder in ihren Mantel. Sie lässt sich dennoch von ihm am Arm zum Bus geleiten. War alles ein bisschen zu viel der Aufregung.

Blossom of snow may you bloom and grow,
bloom and grow forever

Auf der Rückfahrt nach Salzburg sitzt Frau Möller hinten im Bus und seufzt wohlig im Takt zum Gesang der Gruppe, die schon wieder *Edelweiß* intoniert.

Ach ja, ihr Sohn. Ihr ein und alles. Erst mit über 40 ist sie Mutter geworden. Bis zuletzt hatte sie auf ein Kind gehofft, und es war dann ja auch alles gut geworden – sie hatte einen prächtigen Buben bekommen.

Auch jetzt will sie die Hoffnung nicht aufgeben. Sie glaubt immer noch, dass er eine große Zukunft vor sich hat. Im Grunde seines Herzens ist er ein Guter. Nur seine nichtsnutzigen Freunde ziehen ihn immer wieder in dubiose Geschäfte hinein, reden ihm ein, er könne sich mit Drogen einen schnellen Euro verdienen.

Als sie letzten Samstag, wie jede Woche, bei ihm durchputzte, hatte sie fünf Klarsichttüten mit Drogen gefunden. Haschisch, Crack, Crystal Meth – Frau Möller hatte keine Ahnung. Aber sie wusste, wenn das Zeugs erstmal weg war, dann war alles wieder in Ordnung.

Sie seufzt erneut. Ihr Bub findet schon noch auf den rechten Weg. Man muss ihm nur Zeit geben. Frau Möller schaut zu den Sitzreihen, in denen sie zu Beginn der Busreise probegesessen ist. Fünf Reihen, fünf fremde Taschen, in die sie klammheimlich je eine Tüte entsorgt hat. Die Polizei soll ihr Hotelzimmer ruhig auseinandernehmen, die werden da nichts finden.

Frau Möller lächelt fein in sich hinein.

Edelweiss, Edelweiss, bless my homeland forever!

GUSTAV UND FRIEDRICH: EIN KRIMINALISTISCHES MUSIKERMÄRCHEN

ERICH WEIDINGER

»Österreich ist ein seltsames Land. Man muss hier unbedingt schon gestorben sein, damit einen die Leute leben lassen.« – Zitat Gustav Mahler

Es lebten einmal zwei Männer an einem wunderschönen See, der heute noch an Farbenvielfalt unvergleichlich ist, an der gleichen Seite gen Osten, die der sommerlichen Sonne gewogen ist. Dieser See, in alten Zeiten Kammersee genannt, liegt im österreichischen Salzkammergut und hat in allen Zeiten vielen Menschen Ruhe und Inspiration beschert. Doch auch Streitsucht und Raufhandel waren Laster, die erst später Einzug in die Region hielten und sich bis heute gehalten haben und weit verbreitet sind. Nur die Ausprägungen fanden und finden teilweise andere Formen.

Hat sich doch schon in frühen wirklich sagenhaften Zeiten eine Nixe ins ewige Nass zurückgezogen, da sie mit dem aufkommenden Neid nicht umgehen konnte und wollte. Das Glitzern ihres Fischleibes hat sie dem lieblichen Gewässer vermacht, und auch deshalb lieben die Bewohner und Besucher diesen See, den die nie Dagewesenen und nicht Kommenden kaum vermissen werden …

Ist das Gebiet rund um den See noch heute eine etwas verschlafene Gegend, so gibt es doch immer wieder Bewegungen und Versuche, etwas Neues zu schaffen. Zwar nicht gerade Bahnbrechendes und Visionäres, aber immerhin etwas, das die Sonne durch den aufgehenden Morgennebel am See in märchenhaftes Licht hüllen kann. Brunnen, Kraftplätze, Schilder und Tafeln, Statuen und Skulpturen und viele neugeschaffene Wege, deren Zahl in den letzten Jahren gestiegen war, dass der Bewohner und der Besucher, so er einer ist, getrost in Ruhe seines Weges gehen kann. Er wird nicht vielen Menschen begegnen, außer er kommt an einem Hochzeits- oder Trauerzug vorbei, doch diese gehen keine großen Wege mehr, haben doch in alten Zeiten am südlichen Ende des Sees viele Menschen einer Hochzeitsgesellschaft im Gewässer ihr Leben gelassen. Unheimliche Gestalten waren früher an nebligen Herbst- und Wintertagen auf dem Wasser gesichtet worden, die mit unserer Geschichte hier aber nichts zu tun haben.

Die zwei Männer, die am Ostufer an einem steinernen Bach lebten, hatten sich persönlich nie getroffen und kennengelernt, und trotzdem sind sie zur Ursache einer schlimmen Tat geworden. So schlimm, dass sich die Geschichte, die wie ein Märchen beginnt, leider im Laufe der Geschichte zu einer Tragödie wendet. Der eine Mann hieß Gustav und kam in frühen Sommerzeiten aus der großen Stadt mit seinen Sachen angereist. Er fand in einem altehrwürdigen Gasthof Herberge, direkt am See und war verzaubert von dem nixenhaften Glitzern und den schroffen Felswänden des von der Abendsonne feuerroten höllischen Gebirges hinter sich. Er blieb fast einen ganzen Sommer lang und nahm sich vor, wieder hierherzukommen. Er schrieb an seine Schwester Briefe, in denen er ihr von der Landschaft vorschwärmte. Da er vermögend war, errichtete er sich auf der Wiese zwischen dem Gasthof und dem See ein kleines Häuschen. Ein Komponierhäuschen, denn er war Musiker. Drei Jahre lang komponierte der Mann großartige Musikstücke in seinem Sommer-Häuschen, das Jahrzehnte später tatsächlich für Jedermann und Jederfrau zum Häuschen, österreichisch *Häusl*, umfunktioniert wurde. Nach diesen drei erwähnten Jahren kam Gustav nie mehr hierher zurück. Er fand andere schöne Landstriche, und irgendwann wurde er in einem fernen Lande krank und erholte sich nicht mehr davon. Nach der Rückkehr in die große Stadt starb er, was ja jeder einmal muss, der eine früher, der andere später.

64 Jahre nach seinem Tod kam wieder ein musikalischer Mann hierher, der sich, so wie sein Vorgänger, in die Gegend verliebte. Er hieß Friedrich und komponierte ebenfalls viele Musikstücke. Er kaufte sich eine Wohnung, die Zeit der Herbergssuche war Geschichte, und lebte zum Unterschied von Gustav bis an sein Lebensende an diesem See, der als Attersee weithin bekannt geworden ist. Beide Männer wurden durch ihre Musik unsterblich.

Das Häusl am See wurde wieder in ein Komponierhäuschen zurückverwandelt und lädt noch heute den Besucher ein, in die Gustav'sche Zeit einzutauchen. Oder auch nicht. Im gleichen Ort gibt es eine Art Schrein aus Glas und eine Wand aus bunten Steinen in einem großen neuen Haus, das dem gemeinen Volk gewidmet ist und an beide Musiker erinnern soll.

15 Jahre nach dem Tod von Friedrich und 104 Jahre nach dem Tod von Gustav kam an einem frühsommerlichen Sonntag ein Junge von 13 Jahren mit seiner Familie zu diesem Gasthof und dem Komponierhäuschen. Auch er war Musiker, wenn auch noch nicht so erfolgreich, doch strich er sein Cello ganz schön *ordentlich*, wie es die beiden toten Musiker nennen würden. Von Gustavs Geschichte und Musik begeistert, fragte Horst, der Junge, der aus deutschem Lande kam, im Gasthof nach dem Schlüssel des Häuschens am See. Obwohl er klassische Musik liebte, fiel ihm in diesem Moment der Hit »Das Haus am See« von Peter

Fox ein, das er lustig fand. Der Schlüssel vom Haus am See wurde ihm mit einem Notenschlüssel-Anhänger ausgehändigt, und er machte sich ohne seine Eltern auf den Weg. Siegbrecht, dem Vater, und Heidrun, der Mutter, beide keine Musiker, war die Stärkung im Gastgarten wichtiger, als ihren Sohn bei dem kleinen Ausflug in die musikalische Vergangenheit zu begleiten. Horst suchte sich seinen Weg zwischen den Autos, die in kleine Wohnhäuser verzaubert wurden, Campingwagen genannt, stolperte über zugespitzte große bunte Holztafeln, herumliegende Surfbretter, und vollführte einen Slalom zwischen leichten Metallbetten und Sesseln, die als Campingliegen und Gartenstühle fast alle freien Grünflächen verzierten. Endlich tat sich ihm eine kleine grüne Wiese auf. Es war noch früher Vormittag, somit waren die beiden Stühle zwischen Komponierhäuschen und dem leuchtenden Gewässer noch nicht belegt. Horst ging auf die Eingangstür zu und bemerkte, dass er den Schlüssel nicht benötigte, da sich die Tür wie von Zauberhand vor ihm öffnete. Er zog diese weiter auf, und sogleich ertönte Gustav'sche Musik. Ein Lächeln breitete sich auf dem Gesicht des jungen Mannes aus, das sogleich wieder erstarb, als er in das Innere trat. Vorherrschend inmitten des Raumes stand ein in die Jahre gekommener Flügel. Rechts von dem Klavier lagen ein zertrümmerter Stuhl und eine zerstörte kleine Vitrine. Alte Bücher und zerfetztes Papier schmückten einen liegenden Mann, auch schon in die Jahre gekommen und nun dem Leben entnommen. Der junge Deutsche ordnete die Kleidung des Toten der regionalen Kleidung zu, da er sich mit der österreichischen männlichen Tracht nicht auskannte; die helle Leinenhose, das grüne Gilet und das graue blutgetränkte Hemd mit Hirschknöpfen und rotem Stecktuch sowie die Haferlschuhe, wobei nur einer dort steckte, wo er sein sollte. Der zweite lag unter dem Flügel. Horst nahm dies alles wahr, als würde er eine Filmszene sehen. Er stellte sich als Soundtrack die 6. Sinfonie von Gustav vor, die »Tragische« und nicht die 3., die noch immer in dem kleinen Häuschen zu vernehmen war. Beim Verlassen des Komponierhäuschens kam ihm ein etwa gleichaltriger Junge entgegen, der eine Badehose im Lederhosenstil trug, wie sie inzwischen modern war. Er versuchte, den Kommenden vor dem Toten zu warnen, doch dieser ging nicht darauf ein, und kurz darauf hörte Horst ein Schreien. Heftige Fäkalworte drangen aus dem Häuschen, und es dauerte nicht lange, bis jeder hier am Campingplatz wirklich aus dem Häuschen und schließlich auch in dem Häuschen war.

Ein Polizist wurde gerufen, der bald darauf die Menschen von dem Ort fernzuhalten versuchte. Ein Mediziner besah das Opfer neben dem Flügel und erklärte es für tot. Seinen Verdacht, dass jener von einem anderen Menschen mit einem Stuhlbein erschlagen wurde, könnte nur der Gerichtsmediziner bestätigen.

In einer aufgeklärten modernen Welt muss alles seine Wege gehen und seine Richtigkeit haben. Solange niemand für tot erklärt wurde, könnte es durchaus möglich sein, dass dieser wieder aufsteht und nach Hause geht. Und solange kein fremdes Verschulden befunden wurde, könnte sich der Mann selber mit einem Stuhlbein erschlagen haben. Der Polizist mit Namen Werner brauchte kein Orakel zu befragen, wer der Ermordete war. Er kannte ihn, und fast jeder, der hier wohnte, wusste, dass es der Michael war. Der *Müchi*, salzkammergütlerisch ausgesprochen. Der Mann, der sich um das Häuschen und dessen Inhalt sorgte. Der mit seiner Trachtenjacke oder im Gilet auch im Hochsommer den Raum auskehrte und die fettigen Fingerabdrücke der Besucher vom Glas entfernte. Der wusste, was der Gustav hier gemacht hatte, wo der Gustav wandern ging, warum er was und wo gemacht hat. Er war der Gustav-Kenner der Umgebung.

Egal ob der berühmte Musiker Wolfgang, der Gustav oder der Friedrich, jeder verstorbene Musiker hat Freunde. Viel mehr als in ihrem wirkenden Leben. Überall sind sie zu Hause, und manche haben sich zu einer Gemeinschaft zusammengeschlossen, Verein genannt. Es gibt solcher so viele, dass jeder noch lebende Mensch Mitglied bei mindestens einer dieser Gemeinschaften sein müsste. Und jeder dieser Vereine hat Unwissende, Wissende und Besserwissende. Letztere kämpfen um eine größere Aufmerksamkeit und verlangen beträchtliche Ehrerbietung. Vor diesen sollten sich die Unwissenden und Wissenden in Acht nehmen.

So gab und gibt es natürlich auch mindestens einen Gustav- und einen Friedrich-Verein. Beide Musiker lebten und wirkten eine bestimmte Zeit am steinernen Bach, und beide Vereine wollten für ihren Freund in der Öffentlichkeit um die größere Achtsamkeit und Bedeutung kämpfen. Der Michael war ein Hardliner. Ein traditioneller musikalischer Fundamentalist. Er ließ kein bedeutendes Konzert seines Lieblingsmusikers aus, auch wenn es in weit entfernten Städten abgehalten wurde. Er war zwar nicht der Präsident der Gustav'schen Gesellschaft, dieser war ein gelehrter Musikwissenschaftler in der Stadt, aber am See war er, der Müchi, der Gustav-Experte.

Ähnlich verhielt es sich mit dem Friedrich-Verein. Der intellektuell und alternativ wirkende Udo mit den langen grauen Haaren, der im Süden des Sees wohnte, unter der Ach und gar nicht hier am steinernen Bach, der konnte die moderne Musik vom Friedrich so gut erklären, dass sie sogar einem Gustav-Freund gefiel. Und das gefiel dem Michael wiederum gar nicht. Dem Udo missfiel, dass dem Gustav im Vergleich mehr Platz im öffentlichen Haus gegebenen wurde, obwohl er um vieles kürzer am See lebte. Der Udo hat auch zugegeben, dass ihm einige Elemente der Gustav'schen Musik gefallen. Der Udo hat vor ein paar Wochen eine kleine Sensation ans Licht gebracht.

Ein erst vor kurzem verstorbener Musikkollege vom Friedrich hatte mit diesem eine Variation von Gustavs Klavierquartett komponiert und arrangiert. Das Werk wurde noch nie aufgeführt und ist erst jetzt im Nachlass des Musikkollegen entdeckt worden. Udo kämpfte darum, dass das Stück hier am Attersee uraufgeführt werden sollte.

Der Michael bezweifelte die Authentizität der Noten und erklärte, dass der Friedrich nie was vom Gustav bearbeitet hätte, ja dass es fast eine musikalische Blasphemie wäre, so etwas ungeprüft und unautorisiert aufzuführen.

Der Udo antwortete öffentlich mit einem Zitat von Gustav:

Tradition ist die Bewahrung des Feuers und nicht die Anbetung der Asche.

Was den Michael noch wütender werden ließ, da er merkte, dass er dem sprachgewandten Udo nicht gewachsen war. Vor zwei Tagen gab es ein Treffen der beiden in diesem Komponierhäuschen, wobei es so lautstark zuging, dass sich sogar ein paar Gäste in den angrenzenden Wohnwägen und Vorzelten beschwerten.

Bisher war es noch zu keiner Aufführung gekommen, das Werk wurde in der großen Stadt von wichtigen und gescheiten Leuten untersucht und geprüft, ob wirklich der Friedrich mitgearbeitet hatte. Das Ergebnis würde der Michael nicht mehr erleben. Während die Männer des Landeskriminalamtes das Häuschen und die Wiese rundherum nach allen möglichen Spuren absuchten, geriet einer der Campingwarte in Verdacht. Der Werner, der Polizist, wollte ihn befragen, und da ist ihm ein seltsamer Fleck auf dessen Schuh und auch auf der Hose aufgefallen. Der Mann hieß Igor, obwohl ein russisch anmutender Name, war der Mann durch und durch einheimisch. Er lebte, ohne Miete zu zahlen, auf diesem Campingplatz in einem ausrangierten Campingwagen. Für Essen und Logis sollte er sich um die Anlage hier kümmern. Dies rettete ihn vor der Obdachlosigkeit, da er durch seine Spielsucht neben seiner Frau auch noch alles andere verloren hatte. Ein noch leerstehender Wohnwagen wurde vorübergehend als Einsatzzentrale verwendet. Viele Männer und Frauen liefen herum, kaum jemand konnte bestimmen, wer zur Polizei, Spurensicherung, zum Gasthof oder zu den Campinggästen gehörte. Der Polizist führte den Igor zum leitenden Kriminalbeamten. Er kannte ihn schon vom vergangenen Herbst, wo auch ein Verbrechen am See stattfand. Dem Igor wurden sogleich Fingerabdrücke abgenommen und die Flecken aus der Hose geschnitten, da er sich weigerte, diese abzugeben, denn er habe nur zwei davon, und eine wäre gerade bei dem Hausmädchen des Gasthofes in der Wäsche. Der Fleck am Schuh wurde abgekratzt. Igor wurde immer unruhiger, er hatte mitbekommen, dass Polizeibeamte seinen Wagen durchsuchten, und tatsächlich kamen sie mit einem wertvollen Fund zurück, einer Rolle Geldscheine. Insgesamt 2.000 Euro. Viel Geld für einen armen spielsüchtigen Mann.

Nun wurde der Platzwart bedrängt, endlich mit der Wahrheit rauszurücken, und das tat er schließlich, obwohl es den Anschein hatte, dass es nur dem Igor seine Wahrheit war.

Er habe den Mann nicht umgebracht. Der Udo, der Grauhaarige, war es. Der war hier und hatte mit dem Michael gestritten, wie schon vor ein paar Tagen. Der Udo ist so wütend geworden, dass er mit dem Sessel auf den Michael eingedroschen hatte, bis beide kaputt waren. Der Michael und der Sessel. Und er, der Igor, ist hineingestürmt und wollte helfen. Es war aber schon zu spät. Da war viel Blut, und so ist auch etwas davon auf seine Schuhe und seine Hose gekommen. Der Udo hatte ihm das Geld zugesteckt, damit er ihn nicht verraten würde. Aber er hat sich sowieso gedacht, dass er der Polizei die Wahrheit sagen werde. Das Geld würde ja trotzdem ihm gehören.

Er streckte die Hand aus, um das Geld zurückzufordern, was ihm verwehrt wurde. Erst würden die Scheine nach Fingerabdrücken abgesucht und der Wahrheitsgehalt dieser Geschichte überprüft, dann würde er vielleicht die 2.000 Euro zurückbekommen.

Schon seltsam, dass der Udo so viel Geld dabei hatte. Damit mischte sich Werner ein und merkte, wie sich der Igor herum wand. Der Polizist ging mit dem ermittelnden Beamten nach draußen, wo er ihn bat, den Igor eine Stunde alleine unter Bewachung zu lassen, damit er ihn später mithilfe eines Tricks zu weiteren Aussagen bewegen konnte.

In dieser Zeit versuchte Werner herauszubekommen, ob der Udo für vergangene Nacht ein Alibi habe. Landeskriminalbeamte hatten ihn schon abgeholt und waren auf dem Weg hierher. Übers Telefon war zu erfahren, dass der Udo mit seiner Freundin die Nacht bei ihr zu Hause in Nussendorf am See verbracht habe. Zeugen gäbe es keine.

Bevor man die zwei Verdächtigen gegenüberstellte, versuchte Werner seinen Trick. Er wusste, dass sich der Igor mit kriminaltechnischen Fragen gar nicht auskannte. Deshalb behauptete er die unter Bewachung stehende Stunde später, dass auf dem Geld die Fingerabdrücke vom Michael seien, und dass nirgends Spuren vom Udo wären, der auch schon hier sei und alles abgestritten hatte. Zudem seien die Flecken wirklich das Blut von dem Mordopfer, und diese könnten, wenn er schon tot war, nicht auf das Hosenbein spritzen.

Nun wurde die Aussage von Igor noch komplizierter. Er erzählte unter Tränen, dass der *Müchi* ihm den Auftrag erteilt habe, ihn zu erschlagen. Aber nicht wirklich, da er ja schon tot sei. Es solle nur so aussehen, als habe ihn jemand umgebracht. Am Stuhlbein seien die Fingerabdrücke vom Udo, von vorgestern. Und der Igor sollte behaupten, dass der Udo da war und ihn getötet hat.

Auf die Frage, wieso der Michael schon tot sei, meinte der Campingwart, dass sich der Mann mit Tabletten vergiftet hatte, weil er vorige Woche unheilbaren Lungenkrebs diagnostiziert bekam. Sei ja kein Wunder, bei dem Kettenraucher, der er war.

Der Igor erzählte seine unglaubliche Geschichte so echt, dass der Werner versucht war, ihm zu glauben. Beide Männer, der Igor und der Udo, wurden wegen Mordverdacht verhaftet und mitgenommen. Das Komponierhäuschen wurde bis auf Weiteres versperrt und verplombt.

Es dauerte noch einige Tage, bis etwas Klarheit in den Sachverhalt kam. Zwei Tage später wurde von der Post ein Brief an den Gasthof zugestellt, den der Michael geschrieben hatte, in dem er auf den Besuch vom Udo hinwies und mitteilte, Angst zu haben, dass ihm dieser etwas antun würde.

Der Werner und die Kripo arbeiteten nach wie vor an diesem Fall zusammen. Bis die forensischen Daten ausgewertet waren, befragte der Polizist weiterhin Personen, die mit den drei Involvierten zu tun hatten.

Eine Woche später kam es zu einer Gegenüberstellung der beiden Verdächtigen und einer Tatortbegehung.

Der Stuhl und auch der Flügel wiesen Fingerabdrücke von allen dreien auf. Auf dem Geld fand man Spuren von Michael und Igor. Das Blut an Igors Hose und Schuhe stammte von dem Toten. Ob der Udo in besagter Nacht nochmals in dem Häuschen war, konnte nicht bewiesen werden. Die Diagnose Lungenkrebs wurde tatsächlich gestellt, und der Michael hätte nicht mehr lange zu Leben gehabt.

Die Gerichtsmedizin hatte herausgefunden, dass sich der Michael wirklich mit einer Überdosis Tabletten umzubringen versucht hatte. Das Sterben wäre dem Michael nicht gelungen, hätte er den Igor nicht gehabt. Denn der hat ihn tatsächlich in seiner Bewusstlosigkeit erschlagen, da die Tabletten fürs Sterben ungeeignet waren, eine Sache, die der allwissende Müchi nicht wusste.

Den Michael und den Igor hat man hier am See bald vergessen. Dem Udo wurde nach diesem Fall die Freundschaft der Friedrich'schen Freunde aberkannt. Man wusste ja nicht, ob er doch irgendwie in die Geschichte verwickelt war.

»Man braucht nicht dabei zu sein, wenn man unsterblich wird.« – Zitat Gustav Mahler

DER LETZTE ATEMZUG

KARL PLOBERGER

Idyllischer und romantischer konnte man sich das Leben nicht vorstellen. Dunkelblauer Himmel mit einigen großen weißen Haufenwolken. Temperaturen, angenehm – wie sie halt im Frühsommer am Attersee waren. Und ringsherum eine Landschaft voller blühender Gärten, eingehüllt in saftiges Grün.

Andrea und ihr Mann Steve, ein in Deutschland lebender Ex-US-Soldat, genossen seit vielen Jahren den herrlichsten aller österreichischen Seen Ende Mai, Anfang Juni. Um diese Jahreszeit waren wenige Badegäste hier, denn das Wasser lockte mit seinen 16, 17 Grad kaum zum Schwimmen. Dafür konnten die beiden von ihrem luxuriösen Wohnmobil aus ihrer Leidenschaft frönen – dem Tauchen.

Der Attersee galt unter den Tauchenthusiasten als die (nicht mehr ganz geheime) Destination! Vor allem deshalb, weil man rasch in sehr große Tiefen abtauchen konnte. Der Rausch der Tiefe war das Prickelnde. Oft aber auch für viele Tauchneulinge das Ende. Sie unterschätzten die Gefahren und erlagen dem Tiefenrausch.

*

Grillabend am See. Steve, mit seinen 35 Jahren in Topkondition, kam eben von einer Laufrunde zurück. Sein Körper war gestählt vom täglichen Work-out im Fitnesscenter, daheim in Köln und wo immer es ging: Laufen und Radfahren. Genauer Mountainbiken. Schon in seiner Soldatenzeit war er einer der fittesten und mit seinen definierten Muskeln und seinem Sixpack der Schwarm aller Frauen. Kein Bodybuilder, aber eben ein »Mann, den man nicht von der Bettkante stieß.

Andrea hatte Steve im Fitness Center kennengelernt. Es war Liebe auf den ersten Blick, und alles, was nach diesem ersten Blick kam, war wie in einem schlechten Film: ein gemeinsamer Eiweißshake nach dem Training, dann ein Kaffee im Bistro, und wenig später waren sie schon in seinem Flat. Hoch über Köln mit Blick auf den Dom.

Steve war Model für ein Fitnesskleidungs-Label. Da hieß es, immer auf die Figur achten. Keine Kohlehydrate und möglichst viel Eiweiß. Daher standen Fisch und Truthahn sowie Unmengen an Eiern auf dem täglichen Speisezettel. Damals, vor gut drei Jahren, war das für Andrea kein Thema, sie liebte dieses Leben zwischen Auspowern im Studio und dem relaxten, aber doch sehr kargen Essen. Ihr Beruf als Flugbegleiterin machte das zwar alles nicht ganz leicht, denn unterwegs bekam man nicht so einfach die gewünschte Fitnessnahrung. Und so kam sie oft nach ein, zwei Wochen Welttour mit einigen Prozent mehr an Körperfett nach Hause. Für einen Außenstehenden ganz und gar nicht erkennbar, war es für Steve fast eine Art Weltuntergang. Der Schritt auf die Fettwaage war deshalb für Andrea zunehmend ein Problem. Immer wieder der Streit um ihren schwachen Willen. Immer wieder sein Hinweis auf seine Zeit bei der Army, wo es nur »Junkfood« gab und er doch seine Figur und seine Topwerte behielt. 8,2 Prozent, stand auf dem TÜV, wie er den Ausdruck seiner Körperfettanalyse immer bezeichnete. Und Andrea: sie lag bei knapp über zwölf Prozent. »Ein toller Wert«, bescheinigte ihr der smarte Trainer, doch für Steve war das alles gekünstelt. Er war die Leib gewordene Eifersucht und sah in jedem Mann, der ihr zu nahe kam, einen Gegner. So auch den Fitnesstrainer. »Ein Schwachkopf«, war sein Kommentar jedes Mal, wenn er gemeinsam mit seiner Freundin ins Studio kam. Er wollte danach immer seine Mannesstärke unter Beweis stellen, und vom Studio ging es dann immer sofort ins Bett.

Andrea genoss das zunächst auch sehr: dieses begehrt werden, dieses abgöttische Vereinnahmen.

Diese totale Hingabe war für sie dann ihr ein und alles. Für ihn der Beweis seiner Kraft, seiner Stärke und seines perfekten Körpers.

Im Urlaub am Attersee war Steve viel entspannter als daheim. Da ließ er sein Mädel auch viel allein, während er in den Wäldern rund um den See biken war oder seine Laufrunden drehte. Gemeinsam waren die Stunden dann am Abend am Lagerfeuer oder bei den fast täglichen Tauchgängen. Dort allerdings spürte Andrea immer öfter seine Eifersucht. Immerhin waren viele Burschen vor Ort, die meisten attraktiv und zwei waren besonders charmant. Zwei junge Taucher aus Tschechien. Sie hatten sofort ein Auge auf sie geworfen. Steve bemerkte das sofort, und so kam es an einem Abend, als ein gegrillter Fisch mit Salat am Teller lag, wieder zu den altbekannten Vorwürfen: »Stop that«! Immer dann, wenn er aggressiv wurde, gab es für ihn nur seine Muttersprache. Er verschlang den Fisch, und wenig später lag er mit ihr im Bett. Wie immer wollte er sich und ihr beweisen, was sie an ihm hatte, und wie genial er doch war.

Gerade an diesem Abend kostete es Andrea jedoch zum ersten Mal viel Überwindung. Noch dazu hatte er ein wenig mehr getrunken als sonst – Wodka. Denn Wein und Bier kamen für ihn wegen der Kalorien nicht infrage. Es war nicht Liebe, die sie da zu spüren bekam. Es war Gewalt oder besser Macht. Macht, die er über sie haben wollte.

*

Der trübe Regentag, wie er im Salzkammergut immer wieder vorkam, war für die Tauchgänge bei der berühmten »Schwarzen Brücke« ideal. Neopren-Anzüge ließen einen nichts von der Kälte im Freien, geschweige denn im Wasser spüren. Ab zehn Meter Tiefe hatte es sowieso konstante vier Grad. Ob Sommer oder Winter.

Doch Steve spürte wieder einmal die Hitze in sich. Waren doch die beiden »Lover« wieder da. Deutlich jünger als er, gut gebaut und mit einem Charme, der selbst ihn beeindruckte. Sie standen trotz der kühlen Brise nur in engen Shorts hinter ihrem Kleinbus. Andrea wollte nicht sagen, dass diese »Cornettos« zwar nett, aber doch nicht ganz ihr Typ waren. Sonst ging es gleich wieder los. Und vor einem Tauchgang wollte sie keinen Streit. Für sie war das Tauchen eine herrliche Abwechslung. Sie liebte es, wenn sie auf ihren Flügen in der Karibik ins warme Wasser tauchte, aber genauso waren diese Tieftauchgänge am Attersee ein Erlebnis.

Die beiden Burschen hatten sie im Visier. Die beiden beobachteten genau, wie sie sich in den hautengen Anzug zwängte. Ihre Körperkonturen zeichneten sich deutlich ab. Und die waren nicht von schlechten Eltern. Hinein ins Wasser. Steve hatte die Technik gecheckt, und sie vertraute ihm 1000-prozentig. Für Nichttaucher war es beinahe nicht zu verstehen, was man »da unten« für ein Erlebnis hatte, wenn es stockdunkel war.

Langsam ließen sie sich in die Tiefe gleiten, immer wieder in Augenkontakt. Regelmäßig ging die Atmung, die Luftblasen stiegen auf, und plötzlich waren sie da unten nicht mehr alleine. Die beiden Jungtaucher waren bei ihnen, machten eine freundliche Handbewegung als Gruß, und gemeinsam ging es weiter nach unten.

Steve war bereits im »roten Bereich«. Wenn die beiden hier schon auftauchten, dann konnte das nichts Gutes für ihn und seine Beziehung bedeuten. Er dachte hier einfach kompliziert und für andere unverständlich. Unmissverständlich gab er den beiden mit der Schulter einen Stoß, was so viel bedeutet wie: »Abziehen!« Andrea hasste diese Momente. Über dem Wasser, genauso wie in den Tiefen des Sees.

*

Beim Essen im Wohnmobil, Stunden später, sprach sie zum ersten Mal in ihrer Beziehung das Thema an. Warum, wollte sie wissen, mache er das? Sie liebe ihn doch über alles, doch seine ständige krankhafte Eifersucht mache sie fertig.

KRANKHAFT, das Wort auszusprechen, glich dem Zünden einer Bombe. Steve explodierte regelrecht und begann mit einem Stakkato an Vorwürfen – vom Fett an ihrem Körper, das viel zu viel war, über ihre endlosen Reisen bis hin zu den schönen Augen, die sie jedem Mann machte. Zu Wort kommen ließ er sie nicht, im Gegenteil er packte sie, warf sie aufs Bett und bewies sich mit roher Gewalt selbst seine Liebeskraft.

Andrea konnte in der darauffolgenden Nacht kein Auge zu tun, schluchzte immer wieder und wandte sich so weit es ging von dem tief schlafenden Steve ab. Für sie war das der Anfang vom Ende einer Beziehung.

*

Der Morgen danach war für Andrea kein normaler mehr. Trotz der herrlichen Wetterlage kam keine Freude auf. Für Steve dagegen war alles »top«. Laufrunde am Morgen, ein »big breakfast« und dann biken. Da konnte er zeigen, wie stark er war.

»Ich geh tauchen«, waren die einzigen Worte die Andrea an diesem Morgen an ihn richtete

Von Idylle keine Spur! Bei der »Schwarzen Brücke« standen Dutzende Einsatzfahrzeuge. Rettung, Feuerwehr, Polizei! Es hatte sich schnell herumgesprochen: »Wieder ein toter Taucher«, lautete die Schlagzeile in den Internet-News. Die Bevölkerung war zwar entsetzt, nahm solche Vorfälle jedoch meist mit großer Gelassenheit hin. Die Zeitungen und das Fernsehen schickten nur noch Fotografen und Kameraleute – Reporter kamen gar nicht mehr. Tauchunfälle am Attersee, das war beinahe Alltag.

»Eine Deutsche hat die Gefahr nicht erkannt«, hieß es in den Meldungen, »und wird seit Stunden bei der berüchtigten ›Schwarzen Brücke‹ vermisst«, hörte man im Lokalradio. Zwei tschechische Taucher hatten dem Radioreporter ein Interview gegeben, kurz den Tauchvorgang geschildert. Steve erfuhr es von den Schaulustigen.

Es bestand kein Zweifel, die *Deutsche*, das war Andrea! Sie war nicht wieder aufgetaucht.

Steven war am Boden zerstört und wurde vom Notfallteam des Roten Kreuzes versorgt. Er, der immer stark war, war plötzlich ein Hilfsbedürftiger …

*

»Weiß man, was passiert ist?«, wollte er mit leiser Stimme wissen. »Wer war bei ihr? Kennt man die Ursache?«

»Herr Steven Andrew, dürfen wir *Sie* zunächst befragen?« Der Polizist vom nahegelegenen Posten begann die Befragung mit viel Fingerspitzengefühl.

»Wissen Sie, mit wem Ihre Lebensgefährtin auf einen Tauchgang ging?«

Steven war sichtlich überrascht, denn was sollte er schon wissen. Er, der sie abgöttisch liebte, sollte nun über sie und ihr Verschwinden reden. Ja, *verschwinden* nannte er den Unfall. Den offensichtlich tödlichen Unfall.

»Haben Sie den Notruf los gelassen? Es war eine Mobil-Nummer mit Nummernunterdrückung.«

Steven zögerte ein wenig und antwortet dann aber mit seiner so typischen kraftvollen und stolzen Art: »Nein, ich war Mountainbiken«, schilderte er, »und hab erst mitbekommen, dass hier was nicht in Ordnung war, als ich im Vorbeifahren die vielen Einsatzwagen sah. Als im Wohnwagen dann Andrea nicht zu finden war, fuhr ich zurück, gesellte mich unter die Schaulustigen. Einer der tschechischen Taucher sah mich dann und erzählte mir von dem Unfall.«

Für die Polizei war das Unglück ebenfalls ein Unfall. »Leider wieder einer«, hieß es in einer kurzen Presserklärung für die mittlerweile heran geeilten Journalisten. Viele waren nicht gekommen. Solche Unglücke, so tragisch sie auch waren, waren für die Zeitungen Alltag geworden. Nur die lokalen Reporter, die sonst über Kindergarteneröffnungen, Wegkreuzsegnungen oder verschmutzte Bachufer berichteten, kamen noch, wenn »leider wieder einmal« ein Tauchunglück passiert. Sie wussten es seit Jahren: Der berühmt berüchtigte Felsen unter Wasser gilt bei den Tauchern als »die Streif der Taucher«.

Die Tage danach waren für die Feuerwehrmänner beinahe auch schon wieder gewohnter Alltag. Mit Kameras begannen sie nun in den Nachtstunden nach der Vermissten zu suchen. Deshalb nachts, weil die Video-Bilder auf dem Schiff besser zu erkennen waren.

Zwei Tage lang rückten sie gegen 20 Uhr aus, hüllten das Gelände bei der »Schwarzen Brücke« in gespenstisches Scheinwerferlicht und ließen von einem Feuerwehrboot die Kamera in die Tiefe. Die Sicht betrug hier nur wenige Meter, und so musste man Meter für Meter absuchen. In der 90-Meter-Felswand, die bei Tauchern aus Nah und Fern so beliebt war, konnte sich ein Opfer zwar kaum verfangen, doch in den letzten Jahren hatte man Erfahrungen gesammelt: Oft blieben die Körper an kleinen schmalen Felskanten hängen, waren nicht bis zum Boden gesunken.

*

Das Interesse der Medien war alsbald nicht mehr vorhanden. Auch Schaulustige kamen nur noch wenige. Einige Radfahrer machten Stopp, und Taucher hatten sich auf Grund des von der Behörde verordneten generellen Tauchverbots auch verabschiedet.

Nur Steven blieb und kam immer wieder an den Ort des Unglücks. Gemeinsam mit den beiden jungen Tauchern aus Tschechien, mit denen er aber kein Wort wechselte, beobachtete er die Suchaktionen. Von

Zeit zu Zeit kam auch die Polizei vorbei. Eher informell plauderten die Beamten in Zivil da mit den wenigen Schaulustigen – auch mit den jungen Burschen, die mit Andrea gemeinsam auf Tauchgang gewesen waren.

»Wo habt ihr die Frau am Unglückstag eigentlich getroffen?«, wollte ein Kriminalbeamter von den beiden wissen.

»Wir hatten uns schon einige Tage zuvor verabredet«, erzählte der 27-Jährige. So laut, dass es auch Steven mitbekam und nach kurzer Zeit bei dem Gespräch dabei war. Sichtlich aufgeregt mischte er sich nun ein: »Ich hab's gewusst! Sie ist nie treu gewesen – diese …«, er schluckte einmal, um dann auf die beiden Taucher zu zeigen: »Schuld sind nur diese Männer! Sie haben ihr den Kopf verdreht«

»Ein wenig mehr Pietät wäre wohl hier an diesem Ort angebracht! Noch wissen wir ja nicht einmal was mit der Frau passiert ist«, ermahnte ihn der Kriminalbeamte.

*

Irgendwie war nach diesem Gespräch für den Kriminalbeamten aber klar, dass das hier kein normaler Tauchunfall war. Ob er aber wieder zu viel hinein interpretierte, wie seine Kollegen ihm immer vorwarfen, und er sich um Details kümmert, für die bei dem Personalmangel gar keine Zeit war, ließ er offen. Vorerst behielt er das Gehörte für sich, machte sich ein paar Notizen. Ohne Leiche – kein Mord. Ach, Mord – das war wahrscheinlich zu weit hergeholt.

*

Genau eine Woche war vergangen. Bis die Feuerwehrtaucher kurz vor Ende eines Kameraeinsatzes das Opfer entdeckten.

»Gesuchtes Opfer gefunden«, hieß es wenig später am Polizeifunk. Die Stelle wurde gesichert, die Bergung sollte dann am nächsten Tag erfolgen.

Samstag früh waren schließlich wieder alle vor Ort – Polizei, Feuerwehr, Staatsanwalt und sogar der Bestatter. Auch Steve wurde von der Polizei an den Attersee bestellt, damit gleich der Leichnam identifiziert werden konnte. Und – ohne dass es geplant war – auch die beiden jungen Taucher, die Andrea offensichtlich begleitet hatten, waren dabei.

Es sollte noch einige Stunden dauern, ehe der Körper geborgen war. Nach einer Woche im Wasser schien sich Andrea wenig verändert zu haben. Das vier Grad kalte Wasser hatte den Körper mehr oder weniger konserviert.

Steve brach in Tränen aus, als die Feuerwehrmänner die Tauchmaske vom Kopf der Toten zogen. Die Augen waren geschlossen, das Gesicht zeigte eine fahle gelbliche Färbung.

»Die gesamte Ausrüstung samt Tauchanzug und Flaschen sind beschlagnahmt«, ordnete der Staatsanwalt an und übergab sogleich alle Utensilien einem gerichtlich beeideten Sachverständigen, der unverzüglich eine erste Kontrolle durchführte.

»Die Flaschen sind noch zu mehr als der Hälfte gefüllt«, stellte er gleich vor Ort fest. »Sauerstoffmangel kann es also nicht gewesen sein.« Während der Leichnam hinter großen grauen Tüchern – verborgen vor den Augen der nun wieder zahlreichen Schaulustigen – in einen Transportsarg gelegt wurde, arbeitete der Tauchexperte Punkt für Punkt einer Checkliste ab: Flaschen – Schläuche – Uhr – Mundstück

Minuten später holte er sich den Staatsanwalt zur Seite und erklärte ihm – für die Umstehenden nicht hörbar – mehrere technische Details. Es vergingen wieder einige Minuten, die für Steve aber auch für Petr und seinen Freund Jiri endlos schienen. Der Kriminalbeamte hatte während dieser Zeit die drei nicht aus den Augen gelassen. Solche Momente waren es, in denen sich Menschen verrieten – so sie Täter waren. »Wie die drei nervös sind. Ich trau mich jetzt sogar schon wetten, dass da nicht alles mit rechten Dingen zugegangen ist«, flüstert der Kriminalbeamte einer Kollegin zu.

Wenig später holte der Staatsanwalt alle Polzisten zu sich und erläuterte – abseits der mittlerweile Hunderten Schaulustigen – den aktuellen Stand der

Ermittlungen: Nach Ansicht des Sachverständigen war das Mundstück, mit dem Andrea auf Tauchgang gewesen war, manipuliert. Teile waren so gelockert, dass sie bei einer höheren Beanspruchung nicht mehr ausreichend Luft durchließen. So, als ob das Ventil vereisen würde.

»Steve? Eifersucht?«, dachte nun der Kriminalbeamte laut. »Ja das könnte sein«, meinte der Sachverständige, und der Staatsanwalt nickte. Dann ergänzte der Sachverständige: »Das Mundstück gehört sicherlich nicht zu dieser Ausrüstung. Es war eindeutig tschechischer Bauart und wird bei uns eigentlich nicht verwendet.«

*

Der Fall beschäftigte die Beamten seit einigen Tagen. Steve saß währenddessen in Untersuchungshaft. Amerikanischer Pass, Fluchtgefahr. Der Staatsanwalt wollte auf Nummer sicher gehen. Jiri und Petr waren nicht in Haft, sie mussten aber in Österreich bleiben und sich für Einvernahmen zur Verfügung halten.

In den Zeitungen wurde schon vom »Tauchmord aus Eifersucht« berichtet. Plötzlich war das Thema Tauchen im Attersee wieder in aller Munde. Noch dazu mit dieser internationalen Komponente. TV-Teams machten sich nun auf Motivsuche. Alle wurden für Interviews vor die Kamera geholt. Schließlich gelang es einem Team, ein Exklusiv-Interview mit den beiden tschechischen Tauchern zu machen. Und das brachte die entscheidende Wende!

*

Der Kripo-Beamte ließ noch einmal vor den Tschechen den Mitschnitt auf seinem iPhone abspielen.

»… und wie war es, als sie mit der Frau auf Tauchgang gingen?«, fragte der Reporter eher unspektakulär. »Wie immer«, erzählten die beiden. »Tauchanzug an, Geräte checken und ab ins Wasser.«

Doch dann unterbrach Jiri plötzlich: »Da war doch etwas! Andrea kontrollierte ihr Mundstück und vermutete einen Defekt. ›Mit diesem Gerät geh ich nicht in die Tiefe‹, hat sie noch gemeint, und Petr gab ihr sein Mundstück als Ersatz. Dieses Stück hatten wir die letzten Tage immer verwendet – als wir alle vier auf Tauchgang gingen.«

Alle vier bedeutete: mit Steve! Für den Kripomann war das TV-Interview ein Mosaiksteinchen. Eines, das eigentlich auch seine Leute hätten finden müssen.

Steve wurde wenige Stunden später im Gefangenhaus mit den neuen Fakten konfrontiert. Die drei Tage Haft, die Einsamkeit in der Zelle und die vielen Gedanken …

Steve war einem Zusammenbruch nahe. Nur seine unbändige Selbstdisziplin hat ihn bisher »cool« bleiben lassen. Doch nun war Schluss damit: Das Geständnis floss in einem nicht enden wollenden Redeschwall aus ihm heraus.

Ja! Er hatte das Mundstück manipuliert. Nach dem gemeinsamen Tauchgang, in einem unbeobachteten Moment. Gesehen hatte er das in einem alten Film. Doch nicht Andrea sollte das Opfer sein, sondern einer der beiden attraktiven Taucher. Er sollte auch nicht sterben, sondern nur ein wenig Panik bekommen, und dann sollten die beiden endlich verschwinden. Damit er wieder mit seiner Geliebten alleine am herrlichen Attersee gewesen wäre.

VOM ATTERSEE NACH BAD ISCHL – DIE UNTERBROCHENE REISE

HUBERT ZÖLLNER

Der Abend war lang gewesen. Wie immer, wenn er an seinem geliebten Attersee weilte. Und der Wein floss in Strömen. Im Restaurant des Litzlberger Kellers in Seewalchen. Wo er auch wohnte. Die Runde, darunter etliche Fans, die ihm Gesellschaft leisteten, gingen ihm zuletzt sehr auf die Nerven. Tony hin, Tony her. Er konnte es nicht mehr hören. Und die Jüngsten waren die anwesenden Ladies auch nicht mehr. Elly, Laura. Die anderen Namen waren vergessen. Hatte er sie beschimpft, sie vertrieben? Er wusste es nicht mehr. Auch nicht, wie er nach zu kurzer Nacht seinen Koffer gepackt, ohne Frühstück das Hotel verlassen hatte. Die milde sommerliche Morgenluft tat nun gut. Deshalb wollte er auch zu Fuß zum Bahnhof und zog seinen kleinen schwarzen Rollkoffer hinter sich her. Auf nach Bad Ischl. Das Lehar Theater wartet.

Fritz Emrick alias Tony Boone sah für seine 75 Jahre noch gut aus, hatte das gewisse Etwas und war noch gut bei Stimme. Er stammte aus gutem Haus, einer Arztfamilie aus Baden bei Wien. Er war gebildet, hatte Germanistik und Philosophie studiert, begann danach an einem prominenten Wiener Gymnasium zu unterrichten. Mitte der 70er Jahre beschloss er, ins Schlager- und Operettenfach zu wechseln. Was damals keiner in seinem Umfeld verstand. Aber er hatte es geschafft, war bald sehr bekannt, beliebt und erfolgreich. Nun war er schon lange kein Star mehr. Seit den 90er Jahren hatte er keine lukrativen Engagements mehr erhalten. Weder auf der Bühne als einst gefeierter Operettensänger noch als Stargast bei Oldie-Schlagershows. Auch gab es keine Einladungen mehr, in diversen deutschen TV Shows aufzutreten, wie er es von früher gewohnt war. Dementsprechend war auch sein allgemeiner Gemütszustand. Der einst so charmante Frauenschwarm war nun für viele ein alter, ständig grantelnder Despot geworden. Mit ein Grund, warum keiner mehr mit ihm arbeiten wollte. Entweder passte der Auftritt nicht, war seine Rolle zu klein, das Honorar zu gering oder der Regisseur der Show in seinen Augen ein Volltrottel.

So ließ man ihn links liegen. Wurde er zum Einsiedler der Schlagerszene. Die einhellige Meinung seiner ehemaligen Kollegen, wartet nur ab, er wird es noch billiger geben, war allerdings ein gewaltiger Irrtum. Fritz war steinreich. Hängte es aber nicht an die große Glocke.

Nachdem er die Seepromenade beim Yachthafen passiert hatte, sah er endlich den kleinen Seebahnhof Kammer Schörfling. Erschöpft, verkatert und verschwitzt sank er letztendlich auf die Wartebank unter dem Vordach des Bahnhofs. Direkt vor ihm die Geleise und der kleine Bahnsteig. Irgendwann wird der Zug schon kommen. Mit diesen Gedanken schlief er nochmals ein. Aber da kam kein Zug. So wurde er knapp vor Mittag wach. Sah sich um. Niemand war zu sehen. Er versuchte, die Zugauskunft anzurufen. Pech gehabt, seine Handybatterie war leer. Er ging um die Ecke zum kleinen Bahnhofvorplatz, wo er Stimmen hörte. Männer, die mit einem Segelboot auf einem Hänger beschäftigt waren.

»Wann kommt denn da der Zug?«, fragte er die Männer. Die Männer sahen ihn irritiert an. Begannen zu lachen. »Da fährt schon seit Wochen kein Zug mehr. Sie haben den Bahnhof verlegt! Vorne zum Seeparkplatz.«

»Wo darf ich Sie denn hinbringen?«, fragte plötzlich ein an seinem Mercedes lehnender Taxifahrer, »nach Bad Ischl?«

Den Taxifahrer ignorierend und murrend zog Fritz samt seinem Koffer ab. Er hatte Hunger. Schräg gegenüber befand sich das Restaurant »Langostinos«. Das Lokal kannte er von früher. Er stürmte zur Tür rein, fragte kurz, ob es schon Essen gebe, ging direkt zum Ausgang auf die Terrasse, nahm an einem der Tische Platz. Bestellte erst einmal eine Bloody Mary. Christian, der Chef des Hauses, kannte den Altstar als guten Gast, kam persönlich vom Herd an seinen Tisch. Machte einen Essensvorschlag.

»Ja, gute Idee«, meinte Fritz, »bringen Sie mir diesen Atterseefisch. Dazu eine Flasche Grünen Veltliner.«

Er begann zu denken. Den Taxifahrer, den kannte er doch. Von wo? Das »blöde Watschengesicht« ging ihm nicht aus dem Kopf. War der gestern auch am Tisch? Und warum wartet ein Taxi vor einem stillgelegten Bahnhof? Wusste, dass er nach Bad Ischl wollte? Seltsam, dachte er. Wenn er sich nur an gestern erinnern könnte. Aber so sehr er sich auch anstrengte, seine Gehirnzellen blieben inaktiv. Der Drink war in einem Zug ausgetrunken.

Plötzlich hatte er eine Idee, stand auf und ging ins Lokal. Das Personal bat er, sein Handy aufzuladen, und ersuchte, telefonieren zu können. Man reichte ihm das Handy von Christian. Er ging vors Lokal, damit ihm niemand zuhörte, und wählte die Nummer vom Litzlberger Keller.

»Liebe Frau Schmiedleitner. Darf ich Sie höflich ersuchen, mir zu sagen, was da gestern bei uns am Tisch los war? Ich kann mich an nichts mehr erinnern. Wer alles da war und so. Haben Sie gehört, was gesprochen wurde?«

Der freundlichen Chefin des Hauses, immer zuvorkommend und integer, war die Sache sichtlich unangenehm. Sie hätte selbstverständlich nicht zugehört. Wer am Tisch saß? Sie kannte die Leute nicht. Lediglich Alfie, der ab und zu schon bei ihr im Lokal war.

»Alfie, ich kenne keinen Alfie«, kam es von Fritz zurück. Wie der aussehe, wollte er wissen. Dunkelblonde Haare, ein rundes Gesicht. Mehr wisse sie nicht, sei dann schlafen gegangen. Ja, er, Fritz, hätte alles bar bezahlt wie immer. Fritz bedankte sich bei Frau Schmiedleitner, und kehrte an seinen Tisch zurück. Apropos Bargeld. Sicherheitshalber öffnete er den Koffer einen kleinen Spalt. Ja, sein Barvermögen, das er mit sich schleppte, war noch da. Zwei Bündel mit 500 Euro Noten. Fritz lebte in Saus und Braus, aber hasste Kreditkarten. Da wusste jeder über seine Geldbewegungen Bescheid. Er zahlte immer bar.

Er staunte nicht schlecht, dass nach wenigen Minuten Elly, eine der Damen von gestern, die Terrasse des »Langostinos« betrat. Sie hatte er sich gemerkt, weil sie charmant und lustig war. Fritz nutzte blitzschnell seine Chance. Vielleicht würde er von ihr etwas über den gestrigen Abend erfahren.

»Gnädige Frau, wollen Sie nicht an meinem Tisch Platz nehmen? Oder sind Sie verabredet?«

Die rund 40-jährige blonde Elly hob den Kopf, bemühte sich, keine Regung zu zeigen. »Nein, ich bin allein da. Aber so, wie Sie uns gestern behandelt haben, ich weiß nicht …«

»Dafür möchte ich mich in aller Form entschuldigen«, setzte Fritz nach, ganz Galan der alten Schule. »Ich kann mich an nichts erinnern, Sie verstehen, zu viel Alkohol.« Er stand auf, rückte einen Sessel zur Seite, bot ihr einen Platz an seinem Tisch an. Auch sie bestellte Fisch. Was denn so schlimm gewesen sei gestern Abend, wollte Fritz wissen. Elly atmete tief ein.

»Zuerst war alles nett und friedlich. Sie haben uns über Ihr interessantes Projekt in Bad Ischl erzählt. Einen Operettenabend im Lehar Theater, den Sie mit Ihren alten und einigen jungen Musikern auf die Beine stellen wollten. Ich war beeindruckt, dass Sie das alles alleine finanzieren wollten. Ist doch enorm viel Geld, oder?«

Aha, habe ich dies also erzählt, dachte Fritz. Ja, sein Ego war wieder einmal mit ihm durchgegangen. Immer nach einigen Gläsern Wein. Der Plan bestand ja tatsächlich, und dies war auch das Ziel der Reise nach Bad Ischl. Er wollte kommendes Jahr das Theater mieten, Probe und Aufführungstermine fixieren. Mit Kulturverantwortlichen sprechen.

»Ja und dann haben Sie alle beschimpft. Sind sehr ausfällig geworden. ›Warum singe ich Schlager und Operette?‹ Wissen Sie noch?«

»Nein, ich kann mich beim besten Willen nicht erinnern«, kam es von Fritz zurück.

Nach einer kurzen Pause setzte Elly fort und versuchte, seine Stimme zu imitieren: »Um meinen Zuhörern auf den Kopf zu scheißen. Wenn ich sie nur sehe in ihrem durchschnittlichen beschissenen Outfit. Hässliche Männer, die meinen, etwas Besonderes zu sein. Fette Weiber, die sich in zu enge Kleider zwängen, nach billigem Parfum stinken. Keine Ahnung von Kunst und Musik, aber dabei sein wollen. Um zu sagen, ich war dort. Ich habe noch nie gehört, dass ein Künstler, und das sind Sie doch, so verachtend über sein Publikum gesprochen hat.«

Sie machte eine Pause, das Essen wurde serviert. Fritz goss sich ein weiteres Glas Wein ein.

»Und dann Ihr wirklicher Plan für Bad Ischl. Unfassbar. Nach ›Dein ist mein ganzes Herz‹ aus der Operette ›Land des Lächelns‹ wollten Sie Punksongs singen, besser gesagt kreischen und das Publikum provozieren, sogar die Hose runter ziehen und *denen* den nackten Arsch zeigen.«

Fritz musste innerlich lachen. Er konnte sich an seine Ausführungen nicht erinnern, aber die Idee fand er gar nicht so schlecht.

»Und dann begannen Sie uns persönlich anzugreifen. Fotze, Schlappschwänze, ja so haben Sie uns genannt. Unglaublich!«

»Das tut mir leid, gnädige Frau«, entschuldigte er sich bei Elly. Und zur Versöhnung bestellte er zwei Glas Champagner. Danach war die Stimmung besser.

Sie unterhielten sich über belangloses Zeug. Dass Elly aus Wien stamme, hier gerade Urlaub mache. Vielleicht sieht man sich wieder? Dann war sie bemüht, ihm ein Taxi nach Bad Ischl zu bestellen. Fritz nahm ihr Angebot dankend an, er wollte noch am späten Nachmittag in Bad Ischl sein. Mit dem Zug und zweimaligen Umsteigen in Vöcklabruck und Attnang-Puchheim war dies nun nicht mehr möglich.

Fritz bestellte letztendlich die Rechnung, zahlte wie immer bar, und die Kellnerin brachte ihm sein wieder aufgeladenes Handy zurück. Sie verließen das Lokal, verabschiedeten sich, das Taxi stand bereit. Es war der gleiche Wagen von vorhin. Der rund 50-jährige Fahrer mit dem Watschengesicht öffnete die hintere rechte Tür und bot Fritz an, Platz zu nehmen. Wollte den Koffer im Kofferraum verstauen.

»Nein danke, den Koffer lasse ich bei mir. Nach Bad Ischl, Hotel Goldener Ochs«, nannte Fritz sein Fahrziel.

»Übers Weißenbachtal fahren wir rund eine Dreiviertelstunde. Kostet 90 Euro, aber ich nehme keine Kreditkarten«, sagte der Fahrer, als er hinter seinem Lenkrad Platz genommen hatte. Fritz erklärte ihm, bar zu bezahlen, dann legte er den Kopf zur Seite. Es ging ihm zwar schon wieder besser nach der vergangenen Nacht, auch das Essen hatte jetzt gut getan, aber er war noch immer müde. Das Taxi verließ Schörfling und fuhr an der Seestraße entlang Richtung Weyregg.

Danach durchquerten sie Seefeld und Steinbach. In Weißenbach bogen sie links in die Weißenbachstraße ein. Richtung Bad Ischl. Immer wieder an geparkten Autogruppen vorbei, deren Insassen sich an den Ufern des kühlen Weißenbaches vergnügten. Teils vollkommen nackt. Mitunter in unzüchtigen Posen, wie die Zeitungen schrieben. Sex in freier Natur. Das Weißenbachtal war dafür bekannt.

»Kennst mich nicht mehr, gell?«, tönte es plötzlich vom bis dahin schweigsamen Fahrer. Fritz hob erstaunt den Kopf. »Nein, und seit wann sind wir per du?«

»Du hast meine aufstrebende Karriere zunichte gemacht, du blödes Arschloch«, kam es voller Emotionen zurück. »Somit kann ich mir herausnehmen, dich zu duzen.«

»Interessant. Und wann soll das gewesen sein?«

»Vor rund 20 Jahren. Bei der Gala der Volksmusik!«

Schon lange her, dachte Fritz und erinnerte sich nun dunkel. Sein Starauftritt in der bekannten Volksmusikshow endete damals mit einem Eklat. Als er das Publikum sah, die Damen in ihren Dirndln und die Herren in Trachtenjankern und Lederhosen, machte er kehrt und rauschte ab.

Mit einem Wortschwall setzte Alfie fort. »Du arroganter Pimpf du. Abgezogen bist du. Zehn Minuten vor Auftritt. Und das in einer Livesendung. Und ich war der Programmverantwortliche und Regisseur der Show. Mich hat man dafür verantwortlich gemacht, dass ich die Künstler nicht im Griff habe. Nie wieder bekam ich einen derartigen Auftrag!«

»Dann bist du also – dieser Alfie?«

»Ja, du blöde Sau du.«

»Dann warst du auch gestern Abend im Litzlberger Keller? Und jetzt Taxifahrer, ist schon ein Abstieg«, meinte Fritz süffisant. Von Alfie unbemerkt stellte er sein Telefon auf Aufnahmeposition und steckte es in die Außentasche seines Hemds. Man konnte nie wissen.

»Dir werde ich es noch zeigen. Im Übrigen bin ich kein Taxifahrer, das ist ein Mietwagen. Und der Autoverleih, zugleich Taxiunternehmer, hatte nur mehr diesen Wagen frei. Und das abnehmbare Taxischild hab ich nur wegen dir aufs Dach genommen.«

»Dann sind Sie auch nicht befugt, mich zu fahren«, sagte Fritz nun reserviert, aber bestimmt. »Halten Sie an, ich möchte sofort aussteigen.«

»Nichts da. Das ziehe ich jetzt durch!«, brüllte Alfie los. Fritz versuchte, die Tür zu öffnen, vergebens. Sie war mit einer Kindersicherung versperrt.

»Du entkommst mir nicht mehr! Ja, es war ein Zufall gestern, dich zu treffen. Ein goldener Zufall. Jetzt kann ich zwei Fliegen mit einem Schlag erwischen. Mich an dir rächen und dich vernichten.«

»Da bist du viel zu feig, du blöde Memme. Schon als Regisseur warst du unfähig, dich durchzusetzen. Der ganze Stab hat dir auf den Kopf geschissen«, fuhr ihn Fritz scharf an.

Damit hatte Alfie nicht gerechnet. Minutenlang kam nichts. Fritz sah im Rückspiegel, wie sich Alfies Kiefer anspannte. Dabei griff er zu seiner linken Stiefelette. Noch fühlte Fritz sich nicht unsicher. Der Dolch mit der 15 cm langen und spitzen Klinge steckte im Schaft des linken Westernstiefels. Die Boots hatte er sich dafür eigens anfertigen lassen. War ein guter Rat von Leonard Cohen. Nach einer TV Show, wo sie beide aufgetreten waren, erzählte ihm Cohen, dass er seit Jahren immer ein Messer bei sich trug. In seinem Stiefel versteckt. Und Fritz hatte Messerwerfen im Rahmen seiner Schauspielausbildung gelernt.

»Und jetzt bleib endlich stehen und lass mich raus. Bringt doch nichts, was du da machst. Stürzt dich nur selbst ins Unglück.« Versuchte es Fritz nun etwas anders, ganz auf alter Psychologe. Alfie gab keine Antwort. Fuhr etwas langsamer, suchte sichtlich etwas seitlich der Straße.

Fritz überlegte, warum er eigentlich dieses Taxi genommen hatte. Das Taxi stand schon zuvor vor dem aufgelassenen Bahnhof. Ja, es war Alfie, der am Wagen lehnte. Elly hatte es gerufen, kam ihm sofort in den Sinn. Sie war gestern auch in dem Lokal. Hatte sie damit etwas zu tun?

»Du reitest auch Elly ins Unglück«, setzte Fritz nun alles auf eine Karte »Hast sie damit ordentlich reingezogen.«

»Und wenn schon, sie ist meine Lebensgefährtin.

Steht zu mir.« Die Provokation hatte gewirkt. »Du alter Sack du. Ja, wir haben gestern beschlossen, dich zu vernichten. Auch als wir dein Geldbündel beim Zahlen gesehen haben. Lauter 500er.«

Lass ihn nur reden, bleib ruhig, dachte Fritz. Wieder ganz der alte Psychologe. Dann habe ich eine Chance, aus der Situation raus zu kommen. Hätte er mich kaltblütig umbringen wollen, wäre ich bereits tot.

Alfie wurde noch langsamer und fuhr links in einen kleinen Seitenweg, wo keine Autos parkten. Einige Meter nach der Straße hielt er an, dreht sich nach hinten.

»Ich hab dir in der Nacht den Weg zum alten Bahnhof genannt, in der Hoffnung, du würdest, wenn kein Zug kommt, dann gleich in mein Taxi steigen. Nein, der feine Herr musste noch zuvor edel speisen. Deine Henkersmahlzeit! Dann habe ich Elly ins Lokal geschickt, damit wir unseren Plan zu Ende bringen können.« Alfie stieg aus, schlug die Fahrertüre zu, umrundete das Fahrzeug und öffnete die hintere rechte Tür.

»Los aussteigen«, fuhr er Fritz scharf an und trat einige Schritte zurück. In der rechten Hand hatte er eine Pistole mit Schalldämpfer. »Der Koffer bleibt im Auto. Den brauchst du nicht mehr.«

»Gib auf, du hirnloser Idiot«, fuhr ihn Fritz scharf an, während er ausstieg. »Auch wenn du mich umbringst, sie werden dich finden und grillen. Du hast eindeutig zu viele Spuren gelegt. Glaub nicht, die Polizei ist blöd. Auf jeden Fall sind die gescheiter als du, du blöder Idiot.«

»Das nützt dir jetzt alles nichts mehr. Los, ausziehen. Alle Sachen. Wenn sie deine nackte Leiche finden, werden sie denken, da hat einer einen Nudisten erschossen. Nach all den Sauereien, die diese Nackten hier aufgeführt haben, ist es nur allzu verständlich, dass einer ein Exempel statuiert hat. Los, ausziehen.«

Um seiner Forderung Nachdruck zu verleihen, und in Anbetracht der Tatsache, dass Fritz keine Angst zeigte, auch nicht um Gnade winselte, schoss er unmittelbar vor Fritz in den Boden. Ein Ploppen, und die staubige Erde spritzte nach allen Seiten.

Fritz zog nun langsam sein Hemd aus, dann wendete er sich zur Seite und ging mit einem Bein in die Knie. Es sah so aus, als wollte er sich seine Schuhe ausziehen. Doch behutsam und für Alfie nicht ersichtlich zog er den Dolch aus seinem Stiefel und brachte ihn in seiner Hand in Stellung. Dann richtete er sich blitzschnell auf, und aus der Drehung heraus schleuderte er das spitze Messer Richtung Alfie. Gleichzeitig wieder ein Ploppen, ein weiterer Schuss fiel. Doch der Dolch hatte Alfie bereits mitten in die Brust getroffen. Durch den Rückstoß der Waffe wurde Alfies plötzlich unkontrollierter rechter Arm nach hinten gerissen, die Waffe entglitt seiner Hand. Ungläubig stand er wie angewurzelt da, starrte Fritz an, senkte seinen Kopf, sah an seinem

Brustkorb herab, in dem ein Messer steckte. Dann verlor er Bewusstsein und Gleichgewicht und stürzte vornüber auf den Boden. Dabei bohrte sich der Dolch noch tiefer in seine Brust.

Erst jetzt bemerkte Fritz den heißen und stechenden Schmerz im linken unteren Bauchbereich. Er war von einem Projektil getroffen worden, ging in die Knie, griff sich an den Bauch, und seine Hand war sofort blutig. Hatte ihn der Vollidiot doch noch erwischt. Er atmete tief durch, hob sein Hemd vom Boden auf, drückte es auf die stark blutende Wunde und raffte sich auf. Du musst zurück zur Straße, nur dort kannst du auf Hilfe hoffen, schärfte er sich ein. Hier unten findet dich keiner. Kurz sah er noch zu Alfie herunter, der schwer röchelnd und mit den Beinen zuckend am Boden lag. Er lebte noch. War aber keine Gefahr mehr. Die Pistole lag irgendwo unter den Büschen. Jetzt nur weg hier. Immer wieder stolpernd und mit starken Schmerzen verbunden schleppte er sich mit nacktem Oberkörper den kurzen Weg Richtung Weißenbachstraße zurück. Er wollte sogar noch seinen Koffer aus dem Taxi holen. Doch das Auto war versperrt. Zurück zu Alfie und den Schlüssel holen, würde er nicht mehr schaffen, war das Letzte was er noch realisierte. Dann brach er neben der Straße zusammen.

*

Epilog

Einer der vielen im Sommer durchs Weißenbachtal fahrenden Motorradfahrer bemerkte einen am Boden liegenden Mann mit nacktem Oberkörper, in einer großen Blutlache liegend. Er hielt an und holte Hilfe. Mit dem Helikopter wurde Fritz ins LKH Vöcklabruck geflogen. In einer mehrstündigen Operation gelang es den Ärzten, ihn am Leben zur erhalten. Aber es sollte noch lange dauern, bis er zu sich kommen würde, er wieder genesen war.

Alfie wurde erst eine knappe Stunde nach dem Vorfall von dem am Tatort ermittelnden Einsatzkommando gefunden. Zu spät für Alfred Wiesinger, wie in seinen Papieren stand. Er war bereits tot. Er lag rund 50 Meter unterhalb der Straße in einem kleinen Graben, vom Gestrüpp verdeckt. Hätte man ihn früher gefunden, hätte man ihn möglicherweise retten können, meinten die Ärzte. So war er hilflos verblutet. Die Waffe, das Taxi mitsamt dem schwarzen Koffer und dem darin befindlichen hohen Bargeldbetrag, insgesamt 97.270 Euro, wurden sichergestellt. Auch das Handy von Fritz, das das Spital den Beamten übergab. Zum Zeitpunkt der Übergabe war es noch immer auf Aufnahme gestellt. Elly, oder genauer gesagt Elisabeth Hammerl, wurde als Gast in einer Pension in Weyregg ausgeforscht, verhaftet und der Mittäterschaft angeklagt. Die Beweislast war erdrückend. Beim Abspielen der Aufzeichnungen von Fritz' Handy brach sie zusammen. Legte ein umfassendes Geständnis ab.

Fritz hatte der Vorfall nicht geschadet. Ganz im Gegenteil. Die Medien, die ihn in den Jahren zuvor mit Missachtung gestraft hatten, stilisierten ihn nun zum armen Opfer einer blutigen Intrige. Die Notwehr wurde gerichtlich anerkannt, und er konnte auch nicht wegen unterbliebener Hilfeleistung an Alfie angeklagt werden. War er doch nach seiner schweren Verletzung bewusstlos und lag danach vier Wochen im Koma. Er erhielt sein Geld zurück, nachdem die Finanzbehörden überprüft hatten, ob es sich nicht um Schwarzgeld handelte. Doch nicht Fritz. Das hatte er doch gar nicht notwendig. Auch seinen Dolch erhielt er wieder zurück. Gereinigt, selbstverständlich.

Die Zeitungen waren seit dem Vorfall voll mit Berichten über Tony Boone, wie er jetzt wieder liebevoll genannt wurde. Kein Wort mehr über seine Ausschreitungen, Launen und Niederlagen. Noch am Krankenbett unterzeichnete er einen Vertrag mit einem neuen jungen Agenten. Es wurden wieder Auftritte und Tourneen angepeilt, sogar eine neue CD sollte produziert werden. Und im Dezember wolle er wieder an den Attersee zurückkehren, um hier am verschlafenen See in aller Ruhe seine Memoiren zu schreiben.

AUTORENVITEN

Beate Maxian

Die österreichische Bestsellerautorin wurde 1967 in München geboren, verbrachte ihre Kindheit in Bayern, Österreich und im arabischen Raum. Lebt und arbeitet als Autorin, Moderatorin und Journalistin in Oberösterreich und Wien. Veröffentlichte bisher zwei Sachbücher, ein Kinderbuch für UNICEF, zahlreiche Kurzkrimis in diversen Anthologien, zehn Kriminalromane, zuletzt Band 5 der Sarah Pauli Krimiserie: »Tod in der Hofburg« (Goldmann). Sie ist Co-Herausgeberin der Anthologie »Tatort Salzkammergut« und war Glauser-Preis Jury-Organisatorin in der Sparte Roman. Intendantin und Begründerin des Krimi-Literatur-Festival .at (u.a. »Mörderischer Attersee«).

www.maxian.at

Oskar Feifar

geboren 1967 in Wien, aufgewachsen in der Großstadt und in der niederösterreichischen Provinz. Nach dem Schulabschluss absolvierte er eine Lehre als Kellner, war in diesem Beruf tätig. Danach wechselte er zur Exekutive und ist beim Landeskriminalamt tätig. Seit Mai 2009 lebt er zusammen mit seiner Lebensgefährtin in Salzburg. Bei »Zwergenaufstand« handelt es sich nach »Dorftratsch«, »Saukalt« und »Fingerspitzengefühl« um den vierten Roman des Autors.

http://www.krimiautoren.at/autoren/f/oskar-feifar/

Claudia Rossbacher

geboren in Wien, studierte Tourismusmanagement, war als Model, danach lange Jahre als Texterin und Kreativdirektorin in internationalen Werbeagenturen tätig. Seit 2006 arbeitet sie als freie Autorin in Wien und der Steiermark. Ihr erster Alpen-Krimi »Steirerblut« wurde von Wolfgang Murnberger für den ORF verfilmt. Weitere Verfilmungen der Folgebände mit LKA-Ermittlerin Sandra Mohr, allesamt Bestseller, sind in Arbeit. »Steirerkreuz« wurde zudem mit dem »Buchliebling 2014« ausgezeichnet. Letzte Veröffentlichungen: »Steirerland«, »Wer mordet schon in der Steiermark?« und »Enter ermittelt in Wien« (alle Gmeiner Verlag)

www.claudia-rossbacher.com

Kurt Palm

geboren 1955 in Vöcklabruck. Studium der Germanistik und Publizistik in Salzburg. Seit 1983 als Autor und Regisseur tätig. Schrieb Bücher über Brecht, Stifter, Joyce, Mozart, Fußball und Palmsamstage. Drehte einige Kinofilme und inszenierte zahlreiche Opern und Theaterstücke im In- und Ausland. Falls Kurt Palm nicht auf Reisen ist, lebt er in Wien und Litzlberg am Attersee. Für seinen Roman »Bad Fucking« (Residenz 2010) erhielt er 2011 den renommierten Friedrich-Glauser-Preis. Das Buch wurde auch verfilmt. Derzeit schreibt der Autor an einem Krimi mit dem Titel »Das Monster vom Attersee«, der 2017 erscheinen soll.

www.palmfiction.net

Marlene Faro

geboren und aufgewachsen in Wien, Studium der Geschichte und Politikwissenschaften, Dr.phil. Schrieb jahrelang für internationale Magazine wie »Cosmopolitan«, »Geo« und »Stern«. 1996 gelang ihr mit »Frauen, die Prosecco trinken« über die schräge Welt der Frauenmagazine ein Bestseller, der auch verfilmt wurde. Seither sind von ihr Romane, Erzählungen, eine Geschichte der Frauenheilkunde und das Reisebuch »Kärntner Melancholien« erschienen sowie die beiden Krimis »Blutiger Klee« und »Kalter Weihrauch« im Gmeiner Verlag. Marlene Faro lebt abwechselnd in Wien und im Salzkammergut, wo sie ihren Inspektor Krinzinger möglichst unauffällig beim Lösen verzwickter Fälle beschattet.

Herbert Dutzler

geboren 1958, aufgewachsen in Schwanenstadt und Bad Aussee, lebt als Autor und Lehrer in Schwanenstadt. Bekannt durch seine Altaussee-Krimis mit dem Altausseer Polizisten Gasperlmaier. Zuletzt: »Letzter Applaus«(2015). Etliche Geschichten in diversen Anthologien (z.B. Mords-Zillertal, Mords-Wasserkraft, Sissis Seitensprünge & Ischler Rosen – alle Gmeiner)

herbertdutzler.com

Michael Gerwien

Michael Gerwien, geboren 1957 in Biberach an der Riß, aufgewachsen in Mittenwald, lebt seit 1972 in München. Seit 1983 in Untergiesing, dem Nachbarviertel seines Thalkirchner Exkommissars Max Raintaler. Er arbeitet dort als Autor. Bis heute hat Michael Gerwien auch zahlreiche CDs als Musiker veröffentlicht. Zuletzt das Album »Unterm Dach«, Label: Carolloton, August, 2015. Sein zehnter und aktueller Kriminalroman beim Gmeiner Verlag heißt »Brummschädel«.

www.mgerwien.com

Tatjana Kruse

Jahrgang 1960, lebt und arbeitet als überzeugte Krimiautorin in Schwäbisch Hall. Seit 1995 veröffentlicht sie Kriminalgeschichten und -romane. Aus ihrer Feder stammt z.B. die erfolgreiche Siggi-Seifferheld-Serie (Knaur) – 2015 wurde »Der Tod stickt mit«, der 6. Band dieser erfolgreichen Serie, veröffentlicht. Ebenso erschienen die schrägen Kriminalromane »Grabt Opa aus!« und »Bei Zugabe Mord« (beide Haymon Verlag).

www.tatjanakruse.de

Karl Ploberger

Österreichs »Biogärtner der Nation«, wie er genannt wird, hat schon in frühester Kindheit begonnen, sich für Blumen und Garten zu interessieren. Sein Schwerpunkt: biologisches Gärtnern, Naturgarten und Gartengestaltung. Das Wissen hat er sich durch Selbststudium, zahlreiche Vorträge und eine mittlerweile mehrere 1000 Bücher umfassende Gartenbibliothek angeeignet. Er organisiert seit mehr als 20 Jahren Gartenreisen nach England, Deutschland, Italien und zuletzt auch nach Südafrika.

Knapp 20 Buchveröffentlichungen mit einer Gesamtauflage von mehr als 300.000 Exemplaren. Neben Tipps in Radiosendungen und Tageszeitungen ist er seit 2005 Moderator der ORF-Gartensendung »Natur im Garten« (jeweils Sonntag ab 16 Uhr in ORF 2 und Samstag ab 18 Uhr in 3sat).

Ab und zu schreibt er auch Krimis in Anthologien, wie z.B. in »Mords-Salzkammergut«.

www.biogaertner.at

Hubert Zöllner

ist das Pseudonym eines österreichischen Autors, der sowohl medial als auch musikalisch seit Jahrzenten in der Kulturszene aktiv tätig ist. Und immer wieder Geschichten für Anthologien verfasst. »Popstar stürzt in Zillertal-Klamm – tot!« in »Mords-Zillertal«, »Ausgerutscht« in »Mords-Wasserkraft« und »Sissi stinkt« in »Sissis Seitensprünge und Ischler Rosen« (alle Gmeiner).

HERAUSGEBERVITEN

Jeff Maxian

ist im Bereich Medien- und Kulturmarketing tätig. Management beim »www.krimi-literatur-festival.at«. Zugleich Gesangssolist und Arrangeur im Bereich Jazz/Rock/Crossover. Als legendärer Tourneeproduzent und Konzertagent hatte er lange Zeit mit den internationalen Größen des Showbusiness zu tun und gestaltete bzw. produzierte Live-Events und Tourneen, von Frank Zappa über Queen, Joe Cocker, Tina Turner bis Falco. Autor in diversen Publikationen und Anthologien. Co-Herausgeber der Anthologien »Mords-Zillertal«, »Mords-Bescherung«, »Mords-Wasserkraft«, »Sissis Seitensprünge & Ischler Rosen«.

www.jeffmaxian.com

Erich Weidinger

pädagogische Ausbildung zum Erzieher. Nach einigen Berufsjahren Wechsel in den Buchhandel, parallel als Autor tätig. Publikationen: diverse Bücher zur österreichischen Sagenwelt, diverse Kinderbücher, Hrsg.

Jugendkrimianthologie »Schneller als die Angst« bzw. »Stärker als die Angst« (Obelisk Verlag), etliche Kurzkrimis in diversen Anthologien, Co-Herausgeber der Anthologien »Mords-Zillertal«, »Mords-Bescherung«, »Mords-Wasserkraft«, »Sissis Seitensprünge & Ischler Rosen«. 2014 wurde die mit Beate Maxian verfasste Krimikomödie »Nachbarleider« uraufgeführt.

www.erich-weidinger.at